DEBBIE MACOMBER

Winterwunderzeit

Autorin

Debbie Macomber begeistert mit ihren Romanen Millionen Leserinnen weltweit und gehört zu den erfolgreichsten Autorinnen überhaupt. Wenn sie nicht gerade schreibt, ist sie eine begeisterte Strickerin und verbringt mit Vorliebe viel Zeit mit ihren Enkelkindern. Sie lebt mit ihrem Mann in Port Orchard, Washington, und im Winter in Florida.

Von Debbie Macomber bereits erschienen

Winterglück · Frühlingsnächte · Sommersterne · Herbstleuchten · Rosenstunden · Leise rieselt das Glück · Das kleine Cottage am Meer · Schneeflockenträume · Liebe mit Meerblick

Weitere Informationen unter: www.debbiemacomber.com

DEBBIE MACOMBER

Winter Wunderzeit

ROMAN

Deutsch von Nina Bader

blanvalet

Die Originalausgabe erschien 2019 unter dem Titel
»A Mrs. Miracle Christmas« bei Ballantine Books,
an Imprint of Random House,
a division of Penguin Random House LLC, New York.

MIX
Papier aus verantwortungsvollen Quellen
FSC® C014496
FSC www.fsc.org

Verlagsgruppe Random House FSC® N001967

2. Auflage

Redaktion: Ulrike Nikel
Umschlaggestaltung: www.buerosued.de
Umschlagmotiv: © living4media/Jalag/Szczepaniak, Olaf
Satz: KompetenzCenter, Mönchengladbach
Druck und Bindung: GGP Media GmbH, Pößneck
KW · Herstellung: sam
Printed in Germany
ISBN: 978-3-7341-0934-8

www.blanvalet.de

Weihnachten 2019

Liebe Freunde,

meine Leser haben sich schon immer gerne zu Wort gemeldet, und ich weiß das zu schätzen. Ihr lasst mich wissen, was ihr denkt. Eure Kommentare inspirieren mich und machen mir Mut. Mrs. Miracle hat in den späten Neunzigern erstmals die Bühne betreten und sofort die Herzen der Leser gewonnen. Drei Filme folgten. Trotzdem habt ihr mir mitgeteilt, dass ihr mehr möchtet. Diese Story ist das Ergebnis eurer Bitte.

Einige der mir am häufigsten gestellten Fragen lauten, wo ich die Inspirationen für meine Geschichten hernehme – wo die Ideen herkommen. Meistens entspringen sie dem Leben oder stammen von Menschen, die ich getroffen habe. Die Idee zu diesem Buch nahm Gestalt an, als ich Beth Broday traf, die Frau meines Filmagenten. Beth erzählte mir von dem langen, schwierigen Weg bis hin zur Adoption ihrer Tochter.

Ihre Geschichte trieb mir Tränen in die Augen. Später lernte ich Liberty Lee kennen, die Tochter, die auf so wundersame Weise in ihr Leben getreten war. Es war die Sache mit dem Wunder, die meine Aufmerksamkeit geweckt und meine Fantasie angeregt hat. So kam es zu dem Buch, das ihr gleich lesen werdet. Ich hoffe, ihr freut euch, Mrs. Miracle wiederzubegegnen. Und nur zum Spaß habe ich ein bisschen Einmischung seitens Shirley, Goodness und Mercy mit hineingebracht! Und ich wünsche, dass meine speziellen Engel etwas Zauber und ein Lächeln in euer Weihnachtsfest bringen.

Wie gesagt, können sich meine Leser jederzeit gern mit mir in Verbindung setzen. Ich lese jede Nachricht und nehme sie mir zu Herzen. Ihr könnt mich über meine Website, bei Twitter, Instagram oder Facebook erreichen.

Wenn ihr mir schreiben wollt: Meine Adresse lautet P. O. Box 1458. Port Orchard, WA 98366.

Mit warmen Feiertagsgrüßen

Debbie Macomber

Für Beth Broday und Joel Gatler, die mich zu dieser Geschichte inspiriert haben.
Und für ihre wunderbare Tochter Liberty Lee.

1. Kapitel

Als Laurel McCullough nach Hause kam, parkten zwei Streifenwagen mit flackerndem Blaulicht in der Einfahrt. Und als ob das nicht gereicht hätte, um ihr Herz rasen zu lassen, sah sie auch noch ihre Großmutter aufgewühlt auf der vorderen Veranda stehen, die Hände ringen und sich ängstlich nach allen Seiten umblicken.

Die junge Frau hielt an, sprang aus ihrem Auto und stolperte die Treppe hoch.

»Nana«, rief sie und lief auf ihre Großmutter zu.

Sowie deren Blick auf die Enkelin fiel, schlug sie die Hände vor den Mund und senkte verlegen die Augen.

»Laurel, oje, oje«, stammelte sie. Ihre Schultern sackten nach unten. »Es tut mir leid. Ich habe einen schrecklichen Fehler gemacht.«

»Officer, was geht hier vor?«

»Sind Sie Laurel Lane? Und das ist Ihre Großmutter?«

»Ja, aber mein Ehename ist Zach McCullough.«

»Es tut mir so leid«, wiederholte Helen. Sorgenfalten durchzogen ihr Gesicht. »Als ich von meinem Schläfchen aufgewacht bin, war ich durcheinander und habe mir Sorgen gemacht, weil du aus der Schule noch nicht zurück warst, deshalb habe ich die Polizei gerufen.«

»Ihre Großmutter hat angegeben, ihre zehnjährige Enkelin sei nicht von der Schule nach Hause gekommen«, erklärte der freundliche Beamte.

Laurel schluckte ihren Schreck hinunter. Nana hatte seit einiger Zeit geistig nachgelassen. Es gab Kleinigkeiten, an die sie sich nicht mehr erinnern konnte, und dies hier war der zweite ernstere Vorfall innerhalb einer kurzen Zeitspanne.

»Wie Sie sehen, bin ich etwas älter als zehn«, erwiderte sie. »Es tut mir leid, dass wir Sie unnötig bemüht haben. Meine Großmutter ist im Moment ein bisschen verwirrt. Ich war zehn, als ich zu ihr gezogen bin.«

»Kein Problem, Miss. Wir sind froh, dass wir es nicht mit einer Entführung zu tun haben.«

Nachdem sie den Beamten noch ein paar Fragen beantwortet hatte, führte Laurel ihre Großmutter behutsam ins Haus zurück und setzte sie in ihren Lieblingssessel.

»Ich weiß gar nicht, was in mich gefahren ist.« Helen stöhnte und legte die Hände an die Wangen. »Es ist mir so peinlich.« Sie schlang die Arme um sich, als müsste sie sich an der Gegenwart festhalten und die Vergangenheit hinter sich lassen. »Ich habe auf die Uhr geschaut, und du warst nicht zu Hause, und plötzlich warst du wieder zehn Jahre alt. Da war ich mir ganz sicher, dass dir etwas Schlimmes zugestoßen sein musste. Was ist bloß los mit mir?«, klagte sie. »Wie konnte ich etwas so Dummes tun? Werde ich allmählich verrückt?«

Laurel kniete sich vor sie hin. »Natürlich bist du nicht verrückt, Nana. Du hast nichts falsch gemacht.«

»Die Beamten kamen sofort und waren so nett. Deshalb fühle ich mich ganz schrecklich, dass ich ihnen solche Umstände gemacht habe.« Sie blickte auf; ihr schien ein Gedanke gekommen zu sein. »Ich sollte ihnen vielleicht Plätzchen backen, um mich dafür zu entschuldigen, dass ich ihre Zeit verschwendet habe.«

»Es ist vorbei. Ich bin jetzt zu Hause, und alles ist gut.«

Laurel machte Tee, um ihre Großmutter zu beruhigen und setzte sich neben sie, um weiter tröstend auf sie einzureden.

Ihre Gedanken überschlugen sich, während sie überlegte, wie sie mit dieser jüngsten Situation umgehen sollte. Letzte Woche hatte sich die alte Dame in der Nachbarschaft, in der sie seit über fünfzig Jahren lebte, verlaufen. Sie war nach draußen gegangen, um die Post hereinzuholen, und hatte bemerkt, dass Browser, der neue Welpe der Nachbarin, aus deren Garten entwischt war. Daraufhin war sie ihm gefolgt, um ihn zurückzubringen, und hatte den Heimweg nicht mehr gefunden. Schließlich hatte die Nachbarin sowohl den

Hund als auch Helen entdeckt und die sichtlich aufgeregte Großmutter zurück nach Hause geführt.

Insgesamt wirkte Nana blass und verängstigt. »Der Arzt hat gesagt, dass das passieren wird. Das ist alles ein Teil davon, unter Demenz zu leiden, oder?«

Laurel nickte. Die Demenz war in den letzten paar Monaten merklich schlimmer geworden. Mittlerweile war es so weit, dass sie ihre Großmutter nicht gerne alleine ließ. Aber was blieb ihr anderes übrig? Ihre finanziellen Mittel waren beschränkt. Sie konnte nichts anderes tun, als zu beten, dass sie und Zach, ihr Mann, einen Weg fanden, mit Nanas neuen Problemen fertigzuwerden.

»Du hast genug um die Ohren«, fuhr Nana fort. »Ich möchte dir nie zur Last fallen.«

»Das wirst du bestimmt nie, du hast dich stets hintangestellt.«

Laurel schob ihren Tee beiseite, kniete sich vor Helen hin, wie sie es als Kind getan hatte, legte den Kopf in ihren Schoß und grübelte über die neueste Entwicklung nach. Sie wusste nicht, was sie tun sollte.

»Ich habe für dich gebetet, weißt du«, sagte die Großmutter und strich sanft über das Haar der Enkelin.

Sie war eine richtige Betschwester, dachte Laurel, während sie selbst inzwischen so ziemlich jegliche Hoffnung aufgegeben hatte. Beispielsweise glaubte sie nicht mehr daran, dass ihr Traum, ein Kind zu bekommen, je wahr würde. Mittlerweile war es eine schmerzliche Enttäuschung, mehr nicht. Wie es aussah, sahen das Schicksal und der liebe Gott kein Baby für sie vor.

»Schätzungsweise sollte ich lieber für dich ein paar Gebete sprechen«, erklärte Nana und griff nach der Hand ihrer Enkelin. »Gott hält ein Baby für dich bereit. Das spüre ich in meinem Herzen. Gib die Hoffnung also nicht auf.«

Laurel lächelte. Ihre Nana verstand sie einfach nicht. Sie und Zach hatten eingesehen, dass es ihnen nicht bestimmt war, Kinder zu haben. Und seitdem sie sich mit der Situation abgefunden hatten, waren sie bereit, nach vorn zu schauen und keinen weiteren Versuch mehr zu unternehmen, der sie nichts als enttäuschen würde. Und je eher Nana akzeptierte, dass Kinder kein Teil ihres Lebens sein würden, desto besser. Am besten war es, wenn sie die Möglichkeit eines Kindes gar nicht mehr erwähnte. Was sie leider nicht tat.

»Erinnerst du dich an die biblische Hannah?«, ermahnte Nana sie. »Sie wünschte sich sehnlichst ein Kind, und Gott schenkte ihr Samuel.« Noch andere Geschichten von Frauen fielen ihr ein, die mit Unfruchtbarkeit zu kämpfen gehabt hatten. »Da war noch Elisabeth, die Mutter von Johannes dem Täufer.«

»Ja.«

»Und Rachel.«

»Ja, Nana, du hast mir diese Geschichten schon öfter erzählt«, erwiderte Laurel geduldig, dachte jedoch bei sich, dass in der Bibel immer Frauen vorkamen, die imstande gewesen waren, Kinder zu bekommen.

Ihre Großmutter strich Laurel zärtlich über den Kopf. »Verlier den Glauben nicht, Liebes.«

Es war zu spät. Aus den Augen der jungen Frau rannen Tränen, die sie hastig wegzwinkerte. Auf eine Enttäuschung war die nächste gefolgt, jede künstliche Befruchtung war gescheitert, hatte Enttäuschungen und finanzielle Kosten mit sich gebracht und am Ende dazu geführt, dass Laurel sich von ihrem Traum, jemals ein Kind zur Welt zu bringen, zu verabschieden bereit war.

Immerhin waren sie und ihr Mann gezwungen gewesen, um die Klinikkosten abzuzahlen, bei ihrer Großmutter einzuziehen. Es war die einzige Möglichkeit, mit ihrem Geld hinzukommen und eine Win-win-Situation für alle Beteiligten zu erreichen.

Als die Versuche mit der künstlichen Befruchtung nicht zum Erfolg führten, hatten sich Laurel und Zach an eine Adoptionsagentur gewandt und dort intensive Gespräche geführt, die damit endeten, dass sie auf eine Warteliste gesetzt wurden. Eine sehr lange Liste. Tatsächlich wurde ihnen mitgeteilt, dass es mehrere Jahre dauern konnte, bevor sie ein Baby zugeteilt bekamen. Jahre. Und während Monat für Monat, Jahr für Jahr verstrich, wurde ihnen klar, dass ihre Chancen, als Eltern für ein Kind ausgewählt zu werden, stetig sanken.

Die geringe Hoffnung, an die Laurel sich geklammert hatte, schmolz zu einem winzigen Funken zusammen, und nach Jahren der Versuche und Jahren der Träume, die wieder und wieder zerplatzten, stellte sie fest, dass Hoffnung und Glaube praktisch verschwunden waren.

Dabei liebten sie und Zach Kinder über alles. Sie würden gute Eltern abgeben, und trotzdem war es ihnen nicht vergönnt, eigene Kinder zu haben. Laurel verstand das nicht. Warum wurde von allen Menschen ausgerechnet ihnen das verwehrt, wonach sie sich am meisten sehnten? Es war unfair. Falsch. Vernichtend.

An diesem Tiefpunkt angelangt, hatte Zach ein Pflegekindprogramm in Erwägung gezogen, bei dem man ihnen fast sofort ein Neugeborenes zusprach, einen Jungen. Jonathans leibliche Mutter war drogenabhängig und das Kind ihr deshalb entzogen worden. Die ersten Wochen waren höllisch gewesen, denn das zu kleine, untergewichtige Baby hatte unaufhörlich geschrien.

Laurel und Zach hatten den kleinen Jonathan von ganzem Herzen geliebt, und speziell Zach ging wundervoll mit dem anstrengenden Baby um und verlor nie die Geduld. Und der Kleine reagierte auf die sachten Berührungen und nahm ihn als geduldigen und liebevollen Vater.

Ein Traum schien wahr zu werden.

Doch dann wurde zwei Wochen, bevor die Pflegeadoption rechtskräftig werden sollte, Jonathans leiblicher Vater ausfindig gemacht. Er hatte von dem Baby nichts gewusst und entschieden, dass er seinen Sohn zu sich nehmen wollte. Das bedeutete, dass Laurel und Zach das Baby buchstäblich aus den Armen gerissen wurde. Vor Kummer betäubt, versank Laurel in eine tiefe Depression, die Wochen andauerte.

Es war zu viel für sie. Die gescheiterten künstlichen Befruchtungen und die endlose Warteliste der Adoptionsagentur reichten. Die junge Frau kam zu dem Schluss, dass ihr Herz keinen weiteren Kummer ertragen konnte und wollte. Es war Zeit, loszulassen und sich damit abzufinden, dass ihr Leben kinderlos verlaufen würde.

»Ich habe ja die Kinder in meiner Klasse«, murmelte sie in dem Versuch, sich selbst etwas einzureden. Grundschullehrerin zu sein, war ihre Berufung und ihr Glück, und sie freute sich jeden Tag darauf, Zeit mit den Kleinen zu verbringen, die sich so lernbegierig zeigten.

»Du bist eine großartige Lehrerin«, bestätigte Nana. »Und du wirst eine genauso fantastische Mutter sein.«

Bevor sie das zurückzuweisen vermochte, wurde die Vordertür geöffnet, und ihr Mann verkündete laut, dass er wieder zu Hause sei. Zach war Laurels Fels in der Brandung, ihre Stimme der Vernunft, derjenige, der dafür sorgte, dass sie auf dem schlimmsten Teil dieser tückischen Achterbahnfahrt nicht das Gleichgewicht verlor. Er war Computerprogrammierer und arbeitete in der Innenstadt von Seattle bei einer großen Firma.

Er zögerte, als er Laurel vor ihrer Großmutter auf dem Boden kauern sah, und suchte ihren Blick.

»Es war ein ziemlich turbulenter Tag«, erklärte sie ihm, kaum dass er zur Tür hereingeschneit war. »Hast du auf dem Weg von der Bushaltestelle hierher zufällig die Streifenwagen wegfahren sehen?« Fragend schaute sie ihn an, und als er verdutzt nickte, fügte sie hinzu: »Großmutter hat die Polizei gerufen.«

»Ich fürchte, ich bin die Übeltäterin«, gestand die alte Dame zerknirscht. »Weil ich dachte, Laurel sei gekidnappt worden.«

»Wie bitte?«, entfuhr es Zach.

»Es ist alles geklärt«, warf die Enkelin, die ihre Großmutter nicht noch weiter aufregen wollte, rasch ein. »Nichts als ein Missverständnis.«

»Ich hatte vergessen, dass sie erwachsen war«, erklärte Nana. »In meinem Kopf war sie ein Schulmädchen, von der Schule nicht nach Hause gekommen, und ich machte mir Sorgen, also rief ich die Polizei, und sie kamen wirklich … Oje, ich habe wirklich ein großes Durcheinander angerichtet, nicht wahr?«

Zach streichelte ihre Schulter und sah ihr liebevoll in die Augen. »Bist du in Ordnung? Das ist alles, was zählt.«

»Ja, ja, mir fehlt nichts. Ich komme mir so dumm vor.«

Seine Brauen zogen sich zusammen, und er wechselte einen besorgten Blick mit Laurel. »Wir wollen einfach froh sein, dass alles gut ausgegangen ist. Was gibt es zum Abendessen?«

Er sah zu seiner Frau hinüber. Die Frage war der Code, den sie vereinbart hatten, wenn sie unter vier Augen miteinander sprechen wollten.

Laurel ging Richtung Küche, und Zach folgte ihr.

Sowie sie sicher waren, dass Nana sie nicht hören konnte, verlieh er seinen Befürchtungen Ausdruck. »Was hat sich Helen um Himmels willen dabei gedacht, die Polizei zu rufen?«

»Keine Ahnung. Letzte Woche hat sie sich in ihrer eigenen Nachbarschaft verlaufen. Was sollen wir tun?«

Zach sank auf einen Küchenstuhl und faltete die Hände. »So kann es nicht weitergehen. Wir müssen jemanden ins Haus holen.«

»Und wen?«

»Irgendeinen Dienst, der auf diese Art häuslicher Pflege spezialisiert ist. Es wird Zeit, dass wir uns darum kümmern.«

Keiner von ihnen wagte es, auf die Kosten zu sprechen zu kommen. Irgendwie würde es gehen müssen. Eine Einrichtung für betreutes Wohnen wäre noch teurer und würde Nana zudem nicht gefallen. Sie fühlte sich in ihrem eigenen Heim am wohlsten, umgeben von allem, was ihr vertraut war, und von den Menschen, die sie liebte.

Laurel setzte sich auf den Stuhl gegenüber. Ihr wurde das Herz schwer, als sie eine weitere schlechte Nachricht preisgab.

»Nana hat mich letzte Woche Kelly genannt.«

Kelly war Laurels Mutter gewesen, die bei einem Unfall ums Leben gekommen war, als ihre Tochter zehn war. Sie war auf dem Eis ausgerutscht, mit dem Kopf aufgeschlagen und kurz darauf gestorben. Ihr Mann Michael reiste als Unternehmensberater durchs Land, und da er seine Arbeitsbedingungen nicht ändern konnte, hatte er Laurel widerstrebend zu ihren Großeltern in Obhut gegeben. Irgendwann heiratete er erneut und zog mit seiner neuen Frau in einen anderen Staat. Die Tochter blieb bei ihren Großeltern, dennoch blieb ihre Beziehung zueinander eng, und sie verbrachte viele Schulferien bei ihm und seiner Frau. Allerdings konnte niemand ihr die Mutter ersetzen.

»Ich werde heute Abend ein paar Pflegedienste heraussuchen und morgen früh dort anrufen, bevor die Schule anfängt«, versprach Laurel. »Wir können es nicht länger riskieren, Nana allein zu lassen.«

Die Großmutter litt an diesem Abend selbst unter ihrer Lage und zeigte kein Interesse am Essen, was sie inzwischen des Öfteren tat, und entschied sich, früh ins Bett zu gehen.

»Und was ist mit deiner Lieblingsshow?«

Nana schaute sie an, solange Laurel denken konnte,

und dass sie sie jetzt verpasste, war für sie ein schlechtes Zeichen.

»Die Raterei ist mir zu verzwickt geworden. Ich war einmal gut darin, habe aber den Anschluss verloren.«

»Soll ich dir stattdessen etwas vorlesen?«

»Nein.« Erneut war Nana nicht interessiert. »Ein andermal.«

Während Zach die Küche aufräumte, half Laurel ihrer Großmutter dabei, sich für das Bett herzurichten. In der letzten Zeit schien sie mehr Schlaf zu brauchen und lag oft noch im Bett, wenn die Enkel morgens aus dem Haus gingen. Vielleicht lag das ja an den Medikamenten, die der Arzt ihr kürzlich verschrieben hatte und die angeblich unerwartete Träume nach sich zogen.

Am nächsten Tag rief Laurel den ersten Pflegedienst auf ihrer Liste an, um sich nach einer Tagesbetreuung zu erkundigen.

»Ich wünschte, ich hätte jemanden für Sie«, sagte die Frau von Caring Angels, die sich als Elise Jones vorstellte. »Leider sind alle unsere Pfleger anderweitig im Einsatz.«

»Ach herrje.« Das war nicht die Antwort, die Laurel hören wollte.

»Ich setze Ihren Namen natürlich gerne auf eine Warteliste.«

Laurel, bereits auf traurige Weise mit Wartelisten vertraut, zuckte zusammen.

»Können Sie mir sagen, wie lange es ungefähr dauern wird, bis jemand frei ist?«

Die Frau zögerte, und im Hintergrund war das Klicken ihrer Computertastatur zu hören. Schließlich kam eine Antwort.

»Vor dem ersten Januar sehe ich leider keine Möglichkeit.«

»So lange?«

Noch ein Monat, resignierte Laurel. Alles, was sie tun konnte, war zu hoffen, dass jemand früher verfügbar sein würde. Der einzige Lichtblick bestand darin, dass sie, da Weihnachten vor der Tür stand, um die Feiertage herum eine Weile zu Hause sein würde.

»Soll ich Ihren Namen auf die Liste setzen?«

Da sie keine andere Wahl hatte, willigte Laurel ein. Nachdem sie der Frau alle wichtigen Informationen gegeben hatte, versuchte sie es bei zwei weiteren Pflegediensten, wobei diese noch längere Wartelisten als die Caring Angels hatten. Sie rief Zach an, um ihm die Neuigkeiten zu berichten.

»Was hast du erreicht?«, fragte er.

»Wir stehen auf einer Warteliste. Sie rechnen damit, dass sie uns frühestens zum ersten Januar jemanden schicken können.«

Zach machte aus seinen Bedenken keinen Hehl. »Glaubst du, sie kommt bis zu den Weihnachtsferien alleine zurecht?«

»Ich kann ja zur Not während der Mittagspause

nach Hause fahren und nach ihr sehen«, bot sie an, obwohl sie nicht sicher war, wie das funktionieren sollte.

Wenn sie in einen Stau geriet und zu spät zurückkam, würde das zu größeren Problemen führen. Zumal das Personal äußerst dünn gesät war. Dass sie zudem das Weihnachtsprogramm für die Schule organisierte, machte das Ganze nicht gerade besser.

Wieso war ihr Leben bloß so kompliziert geworden, grübelte Laurel.

Egal, was passiert war, wusste sie tief in ihrem Herzen, dass sie die Bedürfnisse ihrer Großmutter nie ignorieren durfte und würde.

Als sie am Abend nach Hause kam, fand sie Nana in ihrem Lieblingssessel vor, wo sie sich eine Wiederholung der Roadshow ansah und dabei eifrig strickte. Aus alter Gewohnheit pflegte sie mindestens einmal am Tag zu Nadeln und Wolle zu greifen, doch in der letzten Zeit machte sie wenige bis keine Fortschritte mit irgendeinem Projekt. Heute machte sie zumindest einen besseren Eindruck als am Vortag.

»Du bist schon von der Schule zurück?«, wunderte sie sich.

Laurel hängte ihren Mantel auf und setzte sich zu ihr. »Woran arbeitest du gerade?«

Helen starrte einen langen Moment auf die Wolle hinunter.

»Hm, lass mich überlegen. Es fällt mir gerade nicht ein, sag, findest du die Wolle nicht wunderbar?«

Laurel tätschelte ihre Hand. »Mach dir keine Gedanken, Nana. Die Wolle ist wirklich schön und so weich.«

Sobald Zach nach Hause kam, setzten sie sich zum Abendessen in die Küche, aber kurz darauf klingelte es an der Tür.

Laurel zuckte mit den Schultern. »Ich erwarte niemanden. Du?«

»Nein«, erwiderte Zach und stand auf, um zur Vordertür zu gehen.

Eine ältere Frau stand auf der Schwelle. Sie trug einen bodenlangen Wollmantel und einen dicken Schal um den Hals. An ihrem Arm hing ein Korb, und sie lächelte breit.

»Guten Abend«, grüßte sie freundlich. »Ich bin Mrs. Miracle.«

»Mrs. Miracle«, wiederholte Zach. »Wie kann ich Ihnen helfen?«

»Nun, ich bin hier, um *Ihnen* zu helfen. Wie ich hörte, haben Sie einen helfenden Engel angefordert.«

2. Kapitel

»Caring Angels hat Sie geschickt?«, fragte Laurel, die aus der Küche kam, nachdem sie den anfänglichen Wortwechsel mit angehört hatte. »Als ich dort angerufen habe, sagte man mir, dass niemand verfügbar sei.«

»Das Büro war nicht informiert, dass ich frei war und einen weiteren Patienten übernehmen konnte. Als ich hörte, wie dringend Sie jemanden brauchen, bin ich gekommen, so schnell ich konnte. Ich hoffe, der Zeitpunkt ist nicht ungünstig.«

»Nein, natürlich nicht. Bitte kommen Sie herein«, sagte Laurel und führte dankbar und erleichtert die ältere Frau ins Haus.

Ihre Großmutter saß still da und verfolgte die Ankunft der Fremden. Sie spürte sofort eine Verbindung zu dieser Frau, ohne zu verstehen, warum. Aus irgendeinem Grund, den sie nicht erklären konnte, wusste Helen instinktiv, dass diese Mrs. Miracle warmherzig war und sie beide wunderbar miteinander auskommen würden.

»Die Pflegedienstleiterin meinte, Sie hätten ziemlich verzweifelt geklungen. Sowie ich feststellte, dass ich die Zeit hatte, einen weiteren Patienten zu übernehmen, gab sie mir Ihren Antrag. Ich hoffe, ich störe Sie nicht beim Essen.«

»Nein, nein«, versicherte Laurel ihr hastig. »Wir sind alle fertig. Möchten Sie vielleicht einen Tee oder einen Kaffee?«

Bevor sie antwortete, kam die Patientin in spe ihr zuvor. »Sie sind die Antwort auf unsere Gebete«, sagte sie schlicht und inbrünstig.

»Das bekomme ich oft zu hören«, erwiderte Mrs. Miracle lächelnd. »Und ich betrachte es als Privileg, zu den Caring Angels zu gehören. Die Arbeit macht mir wirklich Spaß.«

Laurel, die sich in der letzten Zeit ständig Sorgen gemacht hatte, war erleichtert. Die Dinge schienen wieder in Ordnung zu kommen. Keine Polizei mehr und kein Verlaufen, so viel stand fest.

»Wie ich hörte«, kam die Besucherin direkt zur Sache, »arbeiten Sie beide außer Haus, daher habe ich die Unterlagen vom Pflegedienst gleich mitgebracht, die Sie unterschreiben müssen.« Sie hielt Zach den Schnellhefter hin. »Sie brauchen nicht eigens bei der Agentur vorbeizukommen. Da Sie ja bereits mit uns telefoniert haben, können Sie diese Formulare problemlos unterschreiben, und ich reiche sie ein.«

»Danke. Das ist sehr rücksichtsvoll von Ihnen«, erwiderte Laurel.

Mrs. Miracle blickte zu der alten Dame hinüber und zwinkerte ihr zu, woraufhin Helen die Geste automatisch zurückgab, ohne zu wissen, warum. Es war ein Ausdruck von Vertrauen, ganz einfach.

Unterdessen hatte Zach die Papiere durchgeschaut. In seinen Augen waren Überraschung und Erleichterung zu lesen. »Das ist ja längst nicht so teuer, wie wir erwartet haben.«

»Es ist das Feiertagssonderangebot«, erklärte Mrs. Miracle. »Oh, ehe ich es vergesse – ich habe Ihnen eine Kleinigkeit mitgebracht.« Sie stellte einen Korb auf den Couchtisch und zog das rot karierte Tuch weg. »Ich bringe neuen Kunden bei meinem ersten Hausbesuch immer etwas Selbstgemachtes mit. Ich backe gerne und kenne einige wunderbare Festtagsrezepte.«

Ihre Worte erregten Helens Interesse. Sie beugte sich vor, um einen Blick auf das Mitbringsel zu werfen.

»Sie haben uns Plätzchen mitgebracht?«

»Dies hier sind meine absoluten Lieblingskekse«, flüsterte Mrs. Miracle. »Ich wage es nicht, sie in meiner Nähe zu behalten, weil ich sonst versucht bin, sie alle selbst zu essen.«

Es waren Snickerdoodles, Nanas Lieblingskekse, die Laurel ebenfalls hatte backen wollen.

»Snickerdoodles. Sie haben uns Snickerdoodles gebracht? Nana hatte recht. Sie sind die Antwort auf unsere Gebete.«

»Ja, meine Liebe. Das höre ich oft.« Mit dieser

Bemerkung erhob sich Mrs. Miracle und nahm die unterschriebenen Formulare von Zach entgegen. »Ich möchte mich jetzt verabschieden, denn ich muss los. Wann soll ich morgen früh da sein?«

»Ist acht Uhr zu früh?«, erkundigte sich Laurel.

»Ganz und gar nicht.« Die Pflegerin ging zu Helen hinüber, beugte sich vor und nahm ihre Hände. »Wir werden die besten Freundinnen werden, bestimmt.«

Ihr künftiger Pflegling nickte. »Das glaube ich auch«, bekräftigte sie, da sie Wärme durch ihren Körper rinnen spürte.

»Jetzt schlafen Sie gut, meine Liebe, und ich sehe Sie morgen früh. Es wird uns Spaß machen, uns näher kennenzulernen.«

»Ich kann es kaum erwarten«, erwiderte Nana, die sich spontan zu der Pflegerin hingezogen fühlte und sie sofort mochte.

Nachdem sie weg war, wirkte Laurel fast schwindelig vor Freude.

»Sie ist wundervoll. Ich kann es nicht fassen, was für ein Glück wir hatten, sie zu bekommen, und das so schnell.«

»Sie hat Plätzchen mitgebracht. Wer tut heute überhaupt noch so etwas?«, fragte Zach.

Die Großmutter lächelte, war sichtlich froh, dass eine schwere Last von den Schultern ihrer Enkelin genommen worden war. Es war, als hätte diese fremde Frau irgendeine seltsame Art von Macht über sie alle.

Und sie hoffte sehr, dass auf diese Weise das Zusammenleben zwischen ihnen wieder einfacher wurde. Ohne Polizei, die gerufen werden musste, weil sie verwirrt war. Inzwischen hatte sie Angst vor dem Tag, wo sie ihren eigenen Namen vergaß. Oder den ihrer Enkelin. Stattdessen spürte sie plötzlich, wie neuer Optimismus in ihr aufstieg. In dieser Nacht schlief sie tief und fest, so gut wie seit einer Ewigkeit nicht mehr.

Als sie am nächsten Morgen aufwachte, war ihre Enkelin bereit für den Schulweg und Zach längst auf dem Weg in die Stadt.

Kurz darauf, um Punkt fünf Minuten vor acht, klingelte es, und Laurel begrüßte Mrs. Miracle, die denselben langen Mantel und Schal wie am Tag zuvor trug.

»Guten Morgen, Helen«, sagte sie. »Es ist ein neuer Tag, und wir werden viel Spaß haben!« An Laurel gewandt, fügte sie hinzu: »Sie brauchen sich wegen nichts Gedanken zu machen. Möchten Sie, dass ich das Abendessen für Ihre Familie zubereite, bevor Sie nach Hause kommen?«

»Sie bereiten sogar Mahlzeiten zu?«

»O ja. Wie ich gestern Abend sagte, koche ich gerne.«

»In der Gefriertruhe ist ein Braten, den ich herausholen kann.« Mit gefalteten Händen blickte Laurel zur Decke empor. »Ich glaube, ich bin im siebten Himmel.«

»Noch nicht ganz, meine Liebe. Und jetzt ab zur

Arbeit, ich möchte nicht, dass Sie zu spät kommen. Als Erstes werde ich Helens Frühstück machen, und dann können wir beide die Abenteuer unseres Tages planen.«

»Wenn Sie ein Problem haben oder irgendetwas brauchen, meine Telefonnummer in der Schule hängt an der Pinnwand in der Küche, genau wie meine Handynummer. Natürlich kann ich nur rangehen, wenn ich Pause habe.«

»Wir werden wunderbar klarkommen. Vergessen Sie die Plätzchen nicht.«

»Ach, du meine Güte, das hätte ich fast.« Laurel stürmte in die Küche zurück, hielt auf dem Weg zur Tür inne. »Woher wussten Sie eigentlich, dass ich diese Snickerdoodles in die Schule mitnehmen wollte?«

Mrs. Miracle zuckte die Achseln. »Sie müssen es gestern Abend erwähnt haben.«

»Habe ich das?« Laurel runzelte nachdenklich die Stirn. »Ich kann mich nicht erinnern, etwas davon gesagt zu haben.«

»Bestimmt, das haben Sie, meine Liebe. Wieso wüsste ich sonst Bescheid?«

Laurel zögerte, ließ Mrs. Miracles Antwort sacken und eilte zur Tür hinaus.

Unterdessen war Helen in ihr Schlafzimmer zurückgekehrt, um sich anzuziehen, konnte sich allerdings nicht erinnern, welcher Tag und welches Datum heute war. Sie stand ein paar Minuten unschlüssig vor ihrem Schrank, wusste nicht, was sie tun sollte. Zum Glück erschien Mrs. Miracle.

»Es ist Mittwoch«, sagte sie und nahm eine dunkelblaue Hose und einen warmen weißen Pullover aus dem Schrank.

»Wir haben Winter?« Helen hätte schwören können, dass es Frühling war.

»Dezember.«

»Weihnachtszeit?«

»Ja, bald haben wir Weihnachten.«

Während die Großmutter sich fertig anzog, richtete Mrs. Miracle ein Frühstück aus Toast und gekochtem Haferbrei mit Rosinen her. Eine Welle von Kindheitserinnerungen überflutete die alte Dame. Früher hatte es regelmäßig Haferbrei zum Frühstück gegeben, zu dem ihre Mutter als besondere Leckerei Rosinen hinzufügte. Die Familie hatte in Norddakota gelebt, wo die Winter rau und streng waren. Haferbrei hatte immer ihren Magen gewärmt, bevor sie aus dem Haus rannte, um den Schulbus nicht zu verpassen.

»Mein Bruder hat mir seine Rosinen gegeben«, murmelte Helen, erinnerte sich an den Tag, an dem James für sie alle Rosinen aus seinem Haferbrei gefischt hatte, weil sie ihm bei seinen Matheaufgaben geholfen hatte.

»James war nie gut mit Zahlen, nicht wahr?«, fragte Mrs. Miracle nach, als wüsste sie ernstlich Bescheid.

»Nein, er war gut im Umgang mit Menschen und

mit Landmaschinen. Mein Dad sagte, James könne den Leuten weismachen, dass der Himmel grün und das Gras blau sei, und zwar so, dass sie es ihm glaubten.«

»Das konnte er«, bestätigte Mrs. Miracle.

Helen legte den Kopf schief. »Sie kannten meinen Bruder?«

»Wir sind uns begegnet.«

Ihre Antwort verwirrte die alte Dame. Wie das? Ihr geliebter Bruder war mit etwas über vierzig an einem Herzinfarkt gestorben. Wie sollte er da Mrs. Miracle kennen?

»James ist seit über fünfundzwanzig Jahren tot.«

»Ja, ich weiß.« Die Pflegerin wusch das Geschirr ab.

»Wann haben Sie ihn getroffen?«

»Vor Kurzem, glaube ich, bevor ich diesen Auftrag übernommen habe. Ich weiß gerne so viel wie möglich über diejenigen, die Gabriel mir zuweist.«

»Gabriel?«

Helen gingen unzählige Fragen im Kopf herum. Wer war Gabriel? Und wie war es möglich, dass Mrs. Miracle mit ihrem Bruder gesprochen hatte? Das konnte nicht stimmen. Sie mochte ja gewisse Dinge vergessen, doch sie war sicher, dass Mrs. Miracle James nicht getroffen haben konnte.

»Er schickt liebe Grüße«, fügte die Pflegerin hinzu, »und er wollte, dass Sie wissen, wie leid es ihm tut, Ihr Fahrrad verloren zu haben.«

Die Großmutter der Familie schnappte nach Luft, als diese Geschichte aus ihrer Kindheit erwähnt wurde. Weil sein Fahrrad wegen eines Plattens nicht brauchbar gewesen war, hatte James, ohne zu fragen, ihres genommen. Und während er im Park mit seinen Kumpanen herumgehangen hatte, war das Rad gestohlen worden. Erst Jahre später, als Erwachsener, gestand James seiner Schwester endlich, dass er für den Verlust ihres kostbaren Besitzes verantwortlich gewesen war.

All dies war äußerst seltsam. Es ergab keinen Sinn. Allein jemand, der nicht von dieser Welt war, konnte mit ihrem Bruder in Verbindung gestanden haben. Sie blickte vom Tisch auf und betrachtete ihre Pflegerin mit ganz anderen Augen. Als gläubige Christin hatte sie plötzlich das Gefühl, den Beweis für ein göttliches Reich zu erhalten.

»Mrs. Miracle.« Sie zögerte, die Worte auszusprechen, weil sie fürchtete, die andere Frau würde die Frage lächerlich finden.

»Ja?«

»Sind Sie …« Helen straffte die Schultern. »Wer hat Sie geschickt?«

Ein breites Lächeln trat auf das Gesicht der geheimnisvollen Pflegerin. »Sie meinen, Sie wissen das nicht?«

»Nicht wirklich. Als Sie sagten, Gabriel hätte Ihnen diesen Auftrag erteilt, haben Sie da … Wollen Sie damit sagen, dass es der *Engel* Gabriel war? Sind *Sie* etwa selbst ein Engel?«

Mrs. Miracle blieb ihr eine Antwort schuldig.

»Wo sind Ihre Flügel?«, hakte Helen nach. »Sollten Sie nicht ein Paar Flügel haben und ein weißes Gewand tragen?«

»O Himmel, nein. Können Sie sich vorstellen, was für einen Aufruhr ich auslösen würde, wenn ich in dieser Aufmachung die Straße entlangginge?«

»Aber …«

»Ich bin eine andere Art von Engel. Ein helfender, ein Caring Angel.«

Der Name war ihr bekannt. Sie erinnerte sich, dass der Pflegedienst so hieß, und versuchte, sich einen Reim auf all diese neuen Informationen zu machen.

»Sind denn alle Mitarbeiter des Pflegedienstes Engel wie Sie?«

»Nein, bloß ich. Ich bin extra wegen Ihnen hierhergekommen.«

»Wegen mir? Warum ausgerechnet wegen mir?«

»Meine Liebe«, erklärte Mrs. Miracle, »Sie haben gebetet, und Gott hat Ihre Gebete erhört. Er hat mich zu Ihnen geschickt.«

Helen schüttelte den Kopf. »Das ist ja alles gut und schön, und bitte halten Sie mich nicht für undankbar, wenn ich sage, dass meine Gebete meiner Enkelin gegolten haben, nicht mir.«

»Ja, ja, ich weiß.«

»Ihr Glaube ist schwach, und wer kann ihr das verdenken? Meine Laurel hat viel durchgemacht.«

»Ich weiß alles über die vergeblichen Versuche Ihrer Enkelin und ihres Mannes, eine Familie zu gründen. Sie mag ihren Glauben verloren haben, Sie hingegen nicht. Sie haben immer auf Gott vertraut und gebetet.«

Das traf zu. Es hatte der Großmutter das Herz gebrochen, als die beiden gezwungen gewesen waren, Jonathan seinem leiblichen Vater zu überlassen. Sie hatte mit angesehen, wie Laurels Glaube zu bröckeln begann, nachdem das Baby nicht mehr bei ihnen lebte, und sich trotzdem geweigert, sich von ihrem Traum zu verabschieden, einen Urenkel geschenkt zu bekommen.

»Bedeutet Ihr Erscheinen, dass Laurel und Zach ein Baby haben werden?«

»Sonst wäre ich nicht hier«, bestätigte Mrs. Miracle. »Ein ganz besonderes kleines Mädchen wird geboren werden, und dieses Baby ist für Ihre Enkelin und ihren Mann bestimmt.«

»Oh, danke, danke«, stammelte Helen, deren Augen sich mit Freudentränen füllten. »Aber warum hat Gott Laurel so lange darauf warten lassen? Ich erinnere mich noch gut an die vielen fehlgeschlagenen Versuche, als ich mit ihr geweint hatte.«

Mrs. Miracle zog sich den Stuhl heran und griff sacht nach ihren Händen. »Das Baby ist noch nicht auf der Welt, wird jedoch bald geboren werden. Sie werden Laurel mit ihrer Tochter sehen und ihr Glück miterleben, wenn die Zeit dafür reif ist.« Als sie weitere Fragen stellen wollte, wurde sie unterbrochen. »Genug von dem, was die Zukunft für Laurel und Zach bereithält. Zeit, dass wir uns auf Sie konzentrieren. Sie müssen ein bisschen stricken, und während wir arbeiten, werden wir eine Liste der Dinge anlegen, die Sie nun, wo ich Ihnen zur Seite stehe, gerne tun würden.«

Das Abendessen schmorte im Ofen, als Laurel von ihrem Arbeitstag nach Hause kam.

»Was immer Sie da kochen, es duftet himmlisch«, lobte sie, streifte ihren Mantel ab und hängte ihn in die Diele.

»Es ist ein uraltes Familienrezept. Ich glaube, ich habe es von Eva«, erklärte Mrs. Miracle.

Laurel hinterfragte die Bemerkung nicht, obwohl sie sicher war, dass Mrs. Miracle vermutlich die biblische Eva gemeint hatte.

»Sie sind herzlich eingeladen, zu bleiben und mit uns zu essen, wenn Sie möchten«, sagte die junge Frau, bevor sie zu ihrer Großmutter trat, um sie auf die Wange zu küssen. »Hattest du einen schönen Tag, Nana?«

»Du glaubst nicht, wie viel Spaß wir hatten«, erhielt sie zur Antwort, während Mrs. Miracle es vorzog, sich für heute zu verabschieden.

»Wie war es in der Schule?«, erkundigte Helen sich, als Laurel allein zu ihr zurückkam, und konnte es kaum erwarten, mit dem herauszuplatzen, was sie von ihrer Pflegerin erfahren hatte.

Laurel setzte sich auf den Hocker vor Helens Sessel. »Ich habe mit meiner Klasse für ihren Auftritt bei der Weihnachtsfeier geübt.«

»Und ich habe ein Geheimnis«, flüsterte Helen, die keinen Moment länger an sich halten konnte. »Ein wundervolles Geheimnis.«

»Verrat es mir«, wisperte Laurel mit leuchtenden Augen zurück.

»Mrs. Miracle ist ein helfender Engel.«

»Ja, Nana, ich weiß.«

»Ich meine, sie ist ein *echter* Engel.«

»Ein echter Engel?«, fragte Laurel mit gefurchter Stirn.

»Ja. Gott hat sie geschickt. Du musst mir glauben.«

»Ich gebe dir in gewisser Weise recht, Nana, sie ist ein großartiger, hochqualifizierter Engel von dem Pflegedienst, mit dem ich mich in Verbindung gesetzt habe.«

»Warte, ich habe dir noch mehr zu erzählen, viel mehr, und das werde ich tun, allerdings erst später.« Helen klatschte in die Hände. »Oh, das wird das beste Weihnachtsfest aller Zeiten.«

3. Kapitel

Von sich überschlagenden Gedanken geplagt, ging Laurel in die Küche. Hoffentlich kam Zach bald nach Hause. Diese neueste Entwicklung ihrer Großmutter war zutiefst besorgniserregend. Dass Nana ernsthaft daran glaubte, es handele sich bei ihrer neuen Pflegerin tatsächlich um einen lebenden, atmenden Engel, war für die Enkelin ein trauriger Beweis dafür, wie schlimm es um den Geisteszustand ihrer Großmutter inzwischen bestellt war.

»Riecht der Braten nicht einfach köstlich? Mrs. Miracle meinte, sie würde dir das Rezept geben, wenn du möchtest.« Nana dämpfte die Stimme. »Sie sagte, dieses Rezept sei von Generation zu Generation weitergegeben worden. Laurel, hast du mir zugehört?«

»Entschuldige, ich habe geträumt. Ja, ich hätte das Rezept sehr gerne.«

»Das dachte ich mir. Ich werde Mrs. Miracle bitten, es dir aufzuschreiben.«

Ihre Großmutter klang so gut gelaunt wie seit Wochen nicht mehr, und Laurel führte das darauf zurück, dass den ganzen Tag jemand bei ihr im Haus gewesen war. Nach einem einzigen Tag machte Mrs. Miracles Anwesenheit bereits einen Unterschied aus. Früher hatte Nana sich einfach einsam gefühlt. Ob Engel oder nicht, Mrs. Miracle schien wirklich die Antwort auf ihre Gebete zu sein.

»Wie kommt das Programm für die Feier in der Schule voran?«

»Gut.« Laurel war sicher, dass ihr aufgepepptes Weihnachtslied der Hit der Show sein würde. Die sechsjährige Priscilla, eine ihrer Schülerinnen, ein richtiger Wirbelwind voller Feuer und Energie, würde bestimmt dafür sorgen.

»Sag Mrs. Miracle, dass die Snickerdoodles der Renner bei der Geburtstagsfeier meiner Kollegin waren. Alle haben davon geschwärmt.«

»Sie hat dir welche gegeben? Ach ja, das stimmt. Vielleicht solltest du sie nach dem Rezept fragen. Mrs. Miracle ist übrigens eine leidenschaftliche Strickerin, hast du das bemerkt? An ihrer Seite zu arbeiten hat mir geholfen, mich auf das zu konzentrieren, was ich stricke. Es ist immerhin einige Zeit her, seit ich zuletzt etwas fertig gemacht habe, und ich kann es kaum glauben, wie schnell meine Finger fliegen, wenn ich neben ihr sitze und stricke.«

Gute Neuigkeiten, fand Laurel. Nanas Leben war nicht mehr darauf zusammengeschrumpft, vor dem Fernseher zu sitzen und nebenbei ein paar Reihen zu stricken. Tag für Tag immer dasselbe, ihre früheren

Interessen waren nacheinander verblasst. Sie traf sich nicht mehr mit Freunden im Seniorenzentrum oder nahm am Strickkreis der Kirchengemeinde teil. Aus Angst, den Herd nicht auszuschalten, hatte Nana sogar das Kochen fast ganz aufgegeben.

»Es ist schön, dass du jemanden hast, mit dem du stricken kannst, Nana«, lobte Laurel sie. »Was für ein Teil hast du denn angefangen? Du musst es mir nicht verraten, wenn du nicht willst.«

Vielleicht handelte es sich ja um ein Weihnachtsgeschenk, überlegte Laurel. Im Laufe der Jahre hatte sie viele schöne Schultertücher, Schals und Decken geschenkt bekommen, die Nana gestrickt hatte.

»In Ordnung, Liebes. Es sollte eine Überraschung werden. Egal, es wird nichts schaden, wenn ich es dir sage. Ich stricke ein Paar Babystiefelchen für den Tag, an dem es zu der Adoption kommt.«

Laurel wandte sich instinktiv ab und schloss die Augen. Ihre Großmutter hatte keine Ahnung, welchen Schmerz ihre Worte auslösten. Die Bemerkung hatte dieselbe Wirkung, als würde man eine frische Zitrone in eine Wunde reiben. Eine, die nach dem Verlust von Jonathan nie vernarbt war.

Ihr Blick wanderte zu der geschlossenen Tür von Jonathans Kinderzimmer. Der Raum war quasi versiegelt und genauso gelassen worden wie an dem Tag, an dem ihnen der Junge weggenommen worden war. Niemand hatte seitdem einen Fuß hineingesetzt.

»Sag mir Bescheid, wenn du Hilfe mit dem Essen brauchst«, bot Nana fröhlich an, als sie es sich wieder in ihrem Lieblingssessel bequem machte, um die frühen Abendnachrichten zu schauen. »Wir haben den Tisch schon gedeckt.«

Kurz darauf kam Zach zurück und nahm sie fest in die Arme.

»Wow«, flüsterte sie, als er sie freigab. »Du musst einen wirklich guten Tag im Büro gehabt haben.«

»Einen fantastischen sogar.«

»Bist du befördert worden? Oder hast du eine Gehaltserhöhung bekommen?«

»Weder noch«, sagte er. »Kein besonderer Grund, schätze ich, abgesehen davon, dass ich viel zu tun hatte und die Stunden so dahingeflogen sind. Du weißt, dass ich meinen Job liebe, und ich fühle mich an jedem Tag glücklich, an dem ich zu meiner schönen Frau nach Hause kommen kann.«

Er griff in die Pfanne auf dem Herd und zupfte ein Stück von dem zarten Fleisch ab.

»Sei vorsichtig, das ist heiß«, warnte sie ihn.

»Das merke ich. Echt lecker. Wie ist der erste Tag mit Nana und ihrer Pflegerin verlaufen?«

»Ich bin zu einer völlig anderen Großmutter nach Hause gekommen als der, die ich in der letzten Zeit erlebt habe: Sie war mit einer Strickarbeit beschäftigt, wollte mir von jeder Einzelheit ihres Tages berichten und sogar wieder die Abendnachrichten sehen. Dennoch müssen wir reden«, sagte Laurel mit gedämpfter Stimme.

»Was ist los?«

»Es geht um Nana.«

»Ich dachte, sie hätte einen großartigen Tag gehabt. Was stimmt also nicht?«

Laurel holte tief Atem und flüsterte: »Sie glaubt, ihre neue Betreuerin sei ein Engel.«

»Na ja, sie ist ein Caring …«

»Ein *richtiger* Engel«, unterbrach Laurel ihn. »So wie ein vom Himmel herabgestiegener, von Gott geschickter.«

»Oh.« Zachs Augen wurden groß. »Das hat sie tatsächlich gesagt?«

»Ja, im selben Moment, wo Mrs. Miracle gegangen ist, ist Nana förmlich geplatzt, mir diese Neuigkeiten anzuvertrauen. Ich habe sie nicht mehr so aufgeregt gesehen, seit wir ihr gesagt haben, dass wir uns entschieden haben, bei ihr einzuziehen.«

Zach schritt von einem Ende der Küche zum anderen und wieder zurück. Er brauchte Zeit, um diese neue Entwicklung zu verdauen.

»Was hast du geantwortet?«, fragte er.

»Was sollte ich sagen?« Laurel beschrieb mit den Händen eine hilflose Geste. »Ich wollte nicht mit ihr streiten. Egal, es macht mir Sorgen, Zach.«

»Ja«, stimmte er zu. »Das ist in der Tat beunruhigend.«

»Was sollen wir tun?«

Ihr Mann hielt ihrem Blick einige Sekunden lang stand.

»Warum sollen wir irgendetwas sagen? Wenn Nana glauben möchte, dass ihre Betreuerin ein Engel ist, dann lass sie einfach. Ich wüsste nicht, was das schaden sollte.«

Laurel war sich da nicht so sicher. »Findest du das wirklich?«

»Denk mal darüber nach. Vor ein paar Minuten hast du mir noch erzählt, wie gut es Nana heute gegangen ist. Es kommt mir vor, als hätte sie zu ihrem alten Selbst zurückgefunden. Wenn sie glauben möchte, dass Mrs. Miracle ein Engel in Menschengestalt ist, dann kommt meiner Meinung nach nichts Gutes dabei heraus, wenn wir versuchen, sie vom Gegenteil zu überzeugen.«

Wahrscheinlich hatte er recht, dachte sie und nickte langsam. »Okay«, willigte sie ein. »Dann spielen wir ihr Spiel mit und lassen sie glauben, was sie will.«

Prompt fing Nana sofort von Engeln an, als sie sich zu dritt zum Essen setzten.

»Gabriel hat Mrs. Miracle zu uns geschickt.« Sie sah Zach an. »Ich nehme an, Laurel hat dir inzwischen alles erzählt?«

Zach zwinkerte Laurel zu. »Sie könnte etwas Derartiges erwähnt haben.«

»Gut. Du kannst dir vorstellen, wie überrascht ich war, das zu hören. Und da ist noch mehr.«

»Mehr?«

»Ja«, bestätigte sie aufgeregt. »Sie sei als Antwort auf mein Gebet gekommen, behauptet Mrs. Miracle«

»Hat sie dir genaue Einzelheiten genannt?«

»Noch nicht, doch das wird sie noch tun.«

Laurel sah Zach an, dass er sich in gewisser Weise über die verrückte Geschichte amüsierte, ohne sich dabei über Helen lustig zu machen. Dafür mochte er sie zu sehr, und zwischen ihnen bestand sogar ein ganz besonderes Band.

Nana unterbrach sie. »Heute hatte ich einen herrlichen Tag«, seufzte sie. »Es hat gutgetan, etwas Neues von meinem Bruder zu erfahren.«

»Von Onkel James?«, erkundigte sich Laurel.

»Ja, Mrs. Miracle erzählte mir, es würde ihm im Himmel gut gehen. Das ist beruhigend. Mein Bruder war immer zu Scherzen aufgelegt.«

Laurels Lächeln erstarb. Das lief auf mehr hinaus als allein darauf, dass ihre Großmutter glaubte, ihre Pflegerin komme vom Himmel.

»Mrs. Miracle wusste alles über ihn.«

»Tatsächlich?« Zach wechselte einen besorgten Blick mit seiner Frau.

»O ja. Wir haben uns lange über ihn unterhalten.«

»Das ist ja toll. Erzähl mir mehr darüber.«

Nana sprühte vor Begeisterung, als sie es tat. Laurel hingegen war es zu viel, sie fand, dass Schluss sein musste mit diesen Gedankengängen. Ihre Großmutter verlor den Bezug zur Realität, und sie durften sie nicht zusätzlich ermutigen.

Erst als Laurel eine Gelegenheit bekam, mit Zach alleine zu sprechen, griff sie das Thema wieder auf.

»Du kannst bei ihren wilden Hirngespinsten nicht auch noch mitspielen, Zach«, mahnte sie. »Ich freue mich, dass Nana Fortschritte macht, aber das hier geht alles zu weit. Sie zeigt dir ganz ernsthaft die Babyschuhe, die sie stricken will. Und du scheinst in ihre Fantasiewelt einzutauchen, das finde ich krank. Wenigstens eine Person in diesem Haus muss weiterhin in der Realität leben.«

»Was ist mit den Schuhen?«, provozierte Zach sie.

Laurel rang sich ein mattes Lächeln ab.

»Das Thema Baby ist tabu, und ich halte es für keine gute Idee, sie in ihrer fixen Idee zu bestärken.«

»Warum nicht?«

»Das weißt du genau.«

Sie sollte es ihm eigentlich nicht erklären müssen, jetzt sah sie sich dazu gezwungen. Sie musste diesem Unsinn Einhalt gebieten und Fakten schaffen, sonst würde ihre Ehe in die Brüche gehen.

»Ich möchte sie nicht glauben machen, es könnte in unserer Ehe noch ein Baby geben«, setzte sie neu an. »Du bist dabei, ihre diesbezüglichen Hoffnungen zu schüren, obwohl dieser Fall nie eintreten wird.«

Ihr Mann presste wortlos die Lippen zusammen,

und sein Gesichtsausdruck besagte alles. Er hatte nicht den Mut, laut auszusprechen, was er wirklich empfand, dass er nämlich weiter daran glauben wollte und sich an die Möglichkeit klammerte, selbst wenn sie noch so unwahrscheinlich war.

»Bitte, Zach, wir waren uns einig. Kinder sind für uns nicht vorgesehen und werden es nie sein. Wir müssen das akzeptieren und nach vorne schauen.«

Ihr Mann schloss kurz die Augen. »Ich möchte keinen Streit, vor allem nicht, wenn es nicht um uns geht, sondern um Nana.«

»Du hast recht«, stimmte Laurel zu. »Es geht nicht um uns, sondern um Nana. Und das macht mir erst recht Sorgen. Solche Geschichten von Engelsbesuchen hörte man in der Sonntagsschule, nicht im Hier und Jetzt.«

»Schau dir bitte an, was Mrs. Miracle in Kürze bewirkt hat. Die Augen deiner Großmutter strahlen wieder. Sie hat neuen Mut geschöpft, ist weniger vergesslich. Mrs. Miracle tut ihr einfach gut. Lass sie glauben, was sie möchte, und freuen wir uns lieber, sie wieder mehr wie ihr früheres Selbst zu sehen.«

Zach hatte recht. Sie liebte es, ihre Großmutter so glücklich und von neuem Lebensmut erfüllt zu sehen, bloß war das die eine Seite der Medaille.

»Und wenn durch irgendein Wunder noch ein Baby geboren wird?«

»Hör auf«, bat Laurel. »Hör einfach auf. Du weißt so

gut wie ich, dass das Thema abgeschlossen ist. Tot. Begraben. Betrauert.«

»Mach halblang«, flehte Zach. »Du weißt, dass ich dir nie absichtlich wehtun würde, nicht nach alldem, was wir durchgemacht haben. Ich bitte dich lediglich darum, die Tür einen kleinen Spalt offen zu lassen.«

Laurel hob abwehrend die Hände. »Das kann ich nicht, nicht nach drei teuren und zermürbenden künstlichen Befruchtungen. Nicht nach Jonathan. Willst du wirklich, dass wir uns diesem quälenden Prozess noch einmal aussetzen? Ist es das, was du willst?«

Alles in ihr sträubte sich dagegen, sich darauf einzulassen. Nicht noch einmal. Nicht, nachdem ihr Kampf um eine Familie sie emotional und physisch ausgelaugt hatte. Einzig diejenigen, die das durchlitten hatten, verstanden ihre Verzweiflung.

Am folgenden Nachmittag saß Zach in seinem Büro und hielt sein Telefon in der Hand. Ohne dass Laurel Bescheid wusste, hatte er sich an die Pflegeagentur gewandt, um noch einmal seinen Anspruch auf Jonathan geltend zu machen. Jetzt wollte er sich vergewissern trotz der Schuldgefühle, die an ihm nagten. Er wollte nicht darüber nachdenken, was sie tun würde, wenn sie es je herausfand. Besser war es, sie im Ungewissen zu lassen, selbst wenn es eine Täuschung und Unaufrichtigkeit war, ihr nicht reinen Wein einzuschenken. Seine wahre Angst bestand darin, dass die Heimlichkeit seines Handelns am Ende das Fundament ihrer Ehe zerstören könnte.

Zach sog den Atem ein und tippte die Nummer, unter der er die Agentur erreichen würde.

»Loving Families Adoptionsservice«, meldete sich die Frau am Empfang. »Mit wem darf ich Sie verbinden?«

»Könnte ich bitte mit Mary Swindoll sprechen? Hier spricht Zach McCullough. Wir hatten bereits früher einen gelegentlichen Kontakt.«

Kaum einen Moment später war Mary am Apparat. »Zach. Wie schön, Ihre Stimme zu hören.«

»Ich freue mich ebenfalls, Mary. Und ich rufe an, weil ich hoffe, dass sich etwas getan hat.«

»Tut mir leid, Zach. Es sind etliche Babys zur Adoption freigegeben worden, und besonders eines davon hatten wir für Sie und Laurel vorgesehen. Leider sagte uns eine innere Stimme, dass die Mutter ihre Meinung noch ändern könnte. Mein Instinkt hat mich nicht getrogen, sie hat sich direkt nach der Geburt gegen eine Adoption entschieden.«

Zum einen enttäuschend, zum anderen entlastend. So hatten sie wenigstens nicht alle Hoffnungen auf dieses neue Baby gesetzt. Eine zweite Katastrophe wie die mit Jonathan hätte Laurel nicht verkraftet. Und er selbst vielleicht genauso wenig.

Insgesamt verlief das Gespräch ergebnislos, und man verabredete, im Januar wieder zu telefonieren.

Zur gleichen Zeit summte es in Laurels Lehrerzimmer wie in einem Bienenkorb. Alle waren bester Laune, und man hätte denken können, es sei der letzte Schultag vor den Weihnachtsferien. Sie öffnete den Kühlschrank und nahm ihr Roastbeefsandwich und eine Tüte mit Trauben für die Mittagspause heraus.

Ihr Kollege Chase Walter zog sich einen Stuhl heran und setzte sich neben sie.

»Hast du die Neuigkeiten gehört?«, fragte sie ihn.

Fast im selben Moment trat im Raum eine gespenstische Stille ein.

»Was gibt es denn Neues?«

»Es geht um mich«, warf Britta Jackson, eine andere Lehrerin, ein.

»Na, dann erzähl es mir«, meldete Laurel sich arglos.

»Es kam vollkommen unerwartet, ich meine, es ist fast ein Witz.«

»Was genau?«

Britta grinste verlegen. »Wade, mein Mann, wusste überhaupt nicht, was er davon halten sollte. Es hat einige Zeit gedauert, um zu verarbeiten, dass so etwas in unserem Alter noch passieren kann.«

»Was bitte ist passiert?«, drängte Laurel.

»Ich bin schwanger«, verkündete die Kollegin. »Dabei hätte ich nie gedacht, in meinem Alter noch ein Baby zu bekommen.«

Laurels Herz fühlte sich an, als hätte es zu schlagen

aufgehört. Nur mühsam brachte sie tief in ihrem Inneren die Kraft auf, sich ein Lächeln abzuringen.

»Herzlichen Glückwunsch, Britta. Das sind wirklich wunderbare Nachrichten.«

4. Kapitel

Am nächsten Tag erschien Mrs. Miracle zehn Minuten, bevor sich Laurel zur Schule aufmachte. Helen beobachtete, wie ihre Enkelin die Pflegerin zur Seite zog. Sie konnte die beiden in der Küche flüstern hören und lächelte in sich hinein. Sie mochte ja ihr Gedächtnis verlieren und immer vergesslicher werden, das Thema der Unterhaltung blieb ihr in Erinnerung.

Bei dem Getuschel ging es mit Sicherheit um die Behauptung, dass Mrs. Miracle ein echter Engel sei, was Laurel nicht zugeben mochte. Nachdem sie das Haus verlassen hatte, setzte Mrs. Miracle sich zu Helen auf das Sofa und holte ihre Strickarbeit hervor.

»Sie haben mir nicht geglaubt«, sagte Nana.

»Damit habe ich nicht gerechnet, und Sie sollten das auch nicht tun.«

»Sie denkt, dass ich immer mehr den Verstand verliere, oder?«

Mrs. Miracle wog ihre Antwort sorgfältig ab, während sie die Wolle durch die Finger gleiten ließ. »Sie macht sich Sorgen, das ist natürlich.« Sie hielt inne und legte die Nadeln auf ihren Schoß. »Wenn jemanden die Schuld daran trifft, dann ganz allein mich. Es wäre besser gewesen, wenn ich das Geheimnis für mich behalten hätte, wie ich es oft tue. Aber da ich es Ihnen anvertraut und Sie es Laurel weitererzählt haben, hat sie das als Bestätigung dafür gewertet, dass Ihre geistigen Fähigkeiten immer schneller nachlassen. Was ganz und gar nicht der Wahrheit entspricht, wie wir beide wissen.«

»Ich hätte den Mund halten sollen«, sagte Helen, die ihre Impulsivität bereute. »Sind Sie böse auf mich? War es falsch, dass ich es Laurel gesagt habe?«

Fragend musterte sie ihre Betreuerin und hoffte, dass sie nicht eine Entfremdung geschaffen hatte zwischen ihr und diesem Engel, dessen Gesellschaft sie innerhalb so kurzer Zeit zu schätzen gelernt hatte.

»Ganz und gar nicht«, versicherte Mrs. Miracle ihr.

»Sie haben mich nicht gebeten, es niemandem zu verraten, sonst hätte ich das Geheimnis für mich behalten«, fügte Helen zur Verteidigung hinzu.

»Alles in Ordnung, meine Liebe. Ich bin ebenso wegen ihr und Zach gekommen wie Ihretwegen.« Sie legte ihr Strickzeug auf den Schoß. »Es ist so ein herrlicher Tag. Hätten Sie Lust, einen Spaziergang zu machen? Es wird Ihrem Herzen guttun und Ihre Gedanken von Laurel ablenken.«

Ein Spaziergang war das ideale Mittel, um Helen aus ihrer trüben Stimmung zu reißen, und so stimmte sie schnell zu. Der Regen der letzten Tage hatte aufgehört, und die Wettervorhersage verhieß abwechselnd Wolken und Sonne. Sie begrüßte die Gelegenheit, die frische Luft atmen zu können. Seit jenem verhängnisvollen Tag, als sie sich verlaufen hatte, war sie höchstens nach draußen gegangen, um die Post hereinzuholen.

Die nächste Stunde lang strickten die beiden Frauen Seite an Seite und schwatzten gelegentlich miteinander, während der Fernseher ihnen Gesellschaft leistete. Ohne zu fragen, schaltete Mrs. Miracle auf die morgendliche Spielshow um, an der Helen immer Vergnügen fand.

Als die Sonne schließlich zwischen den Wolken hervorspähte und durch das Wohnzimmerfenster fiel, erhob sie sich und holte Mäntel und Schals.

Sowie sie im Freien waren, hakten sich die beiden Frauen unter und schlenderten den Bürgersteig hinunter. Beim Gehen beschrieb Helen detailliert die Familien, die früher in jedem Haus gewohnt hatten. Bis auf eine waren alle inzwischen weggezogen. Sie vermisste ihre alten Freunde sehr. Neue Familien, mit denen Helen nicht warm geworden war, lebten jetzt dort, waren jung und hatten kleine Kinder.

»Ich kenne meine neuen Nachbarn nicht so gut, wie ich die alten gekannt habe. Ein paar scheinen zu wissen, wer ich bin, doch ich vergesse ihre Namen. Ich nenne sie einfach meine Liebe oder behelfe mich mit irgendeiner anderen unverbindlichen Anrede, wenn sie mir zufällig begegnen.«

Mrs. Miracle tätschelte ihre Hand, ließ sie stumm wissen, dass sie verstand. Es war eine tröstende Geste, die die alte Dame ermutigte, ihr mehr anzuvertrauen.

»Die Nachbarschaft hat sich verändert«, fuhr sie fort und begann von ihren Erinnerungen an früher zu berichten, als die Gärten und Bürgersteige entlang der Straße von Kindern bevölkert gewesen waren, vor der Zeit der Videospiele, Handys und sozialen Medien. »Heutzutage sehe ich kaum noch Kinder. Robert, mein Mann, und ich haben Weihnachten immer das Haus geschmückt. Jetzt hängen nur noch wenige Lichter oder Dekoartikel draußen.«

Sie deutete auf eine beleuchtete Rentierfamilie im Vorgarten und fünf Häuser weiter auf einen riesigen aufblasbaren Schneemann.

»Weihnachten war immer auch mein Lieblingsfest«, stimmte Mrs. Miracle ihr zu, als sie weiter die Straße hinunterspazierten.

»Ich liebe Weihnachten sehr«, seufzte Helen, »und vermisse Robert schrecklich. Selbst jetzt, sieben Jahre nach seinem Tod noch.«

Das stimmte. Kein Tag verging, wo er nicht in ihren Gedanken oder ihrem Herzen war. Manchmal vergaß sie sogar, dass er tot war, dabei tat sie sogar, als würde er noch leben. Manchmal, wenn niemand sonst im Haus war, pflegte sie einseitige Gespräche mit ihm zu führen und so zu tun, als wäre er da und würde ihr zuhören. Da brachte es nichts, wenn Laurel ihr klarzumachen versuchte, dass Robert vor einigen Jahren gestorben war.

»Sie vermissen Ihren Mann, nicht wahr?«

Dieser Engel schien imstande zu sein, jeden ihrer Gedanken zu lesen, erkannte sie. »O ja, sehr. Er war alles für mich.«

»Er vermisst Sie ebenfalls.«

Helens Puls beschleunigte sich, als sie das hörte. »Sie haben mit Robert gesprochen? Im Himmel?«, hakte sie voller Erwartungsfreude und ohne jeden Zweifel nach.

»Natürlich. Ihre Familie zu treffen, war Teil meiner Vorbereitungen für diese Aufgabe. Ich habe mit Ihren Eltern, Ihrem Bruder, Ihrem Mann und Ihrer Tochter geredet.«

»Sie sind meiner Kelly begegnet?«, fragte sie ungläubig und fasste sich an ihr laut hämmerndes Herz.

»Sie ist Ihnen sehr ähnlich.«

Die Augen der alten Dame schwammen in Tränen. Sie wäre fast daran zerbrochen, ihre Tochter so jung zu verlieren. Dass Laurel in ihren Haushalt gekommen war, hatte ihr und ihrem Mann enorm geholfen, über den Verlust ihres einzigen Kindes hinwegzukommen.

Helen hatte Laurel mit der Liebe und Aufmerksamkeit umgeben, nach der sie sich so verzweifelt sehnte und die ihr nicht einmal der Vater zu geben vermochte. Und dass sie dauerhaft bei ihr blieb, war ein besonderes Glück gewesen.

Mrs. Miracle riss sie aus ihren Gedanken. »Kelly arbeitet im Himmel in der Kinderbetreuung. Die Neugeborenen liegen ihr am meisten am Herzen.«

»Sie hat Babys immer geliebt«, erinnerte sich Helen.

»Diese Babys werden sie sicherlich eines Tages ebenfalls lieben.«

»Eines Tages«, wiederholte Helen. Es erschien ihr nicht richtig, nach dem genauen Zeitpunkt zu fragen; sie akzeptierte, dass einem die Zukunft aus einem bestimmten Grund verborgen blieb. Man musste das Kommende nicht vorhersehen. Genau genommen sollte man das sogar tunlichst vermeiden.

»Ach herrjeh«, entfuhr es ihr. »Es passiert schon wieder. Meine Gedanken gehen auf Wanderschaft, und ich habe keine Ahnung mehr, wo ich bin. Wo sind wir?«

Sie blickte sich um und erkannte ihre Umgebung nicht. Hätte man sie gefragt, hätte sie den Weg zurück zum Haus nicht gefunden. Alles erschien ihr mit einem Mal fremd, verschwommen und weit weit weg.

»Keine Sorge, Helen. Deswegen bin ich ja hier. Wir sind an der Stelle, wo Sie sich verlaufen haben, als Sie dem entwischten Welpen hinterhergelaufen sind«, erläuterte Mrs. Miracle.

Ihr Pflegling schaute sich um. Wenn ihr Gedächtnis sie nicht trog, hatte früher an dieser Ecke eine Kirche gestanden. Alles war verschwunden und durch ein großes Apartmenthaus ersetzt worden.

»Wo ist die Kirche? Ich meine, dass sie noch vor kurzer Zeit genau hier stand.«

»Nein, sie wurde vor ein paar Jahren abgerissen.«

»Abgerissen? Laurel hat als kleines Mädchen dort die Bibelschule besucht.«

»Es ist traurig«, stimmte Mrs. Miracle zu. »Die Kirche konnte es sich nicht länger leisten, das Gebäude zu unterhalten. Sie sind an einen neuen, billigeren Standort umgezogen.«

»So viele Veränderungen«, sagte Helen traurig und schüttelte den Kopf.

»Gehen wir nach Hause zurück?«, fragte Mrs. Miracle. Der Wind hatte aufgefrischt, die Sonne verschwand hinter einer dunklen Wolke, die Luft wurde kühl.

»Das sollten wir besser«, meinte Nana. »Vielleicht würden Sie mir etwas über sich selbst erzählen?«

»Über mich?« Mrs. Miracle schien die Bitte zu überraschen.

»Ja, da Sie alles wissen, was es über mich und meine Familie zu wissen gibt, ist es fair, mehr über Sie zu erfahren.«

Die Pflegerin lächelte. »Nun gut, erstens lautet mein Name eigentlich gar nicht Mrs. Miracle, sondern Merkle. Bei meinem ersten Auftrag hier auf der Erde war ich die Nanny von zwei lebhaften kleinen Jungen, die ihn nicht richtig aussprechen konnten. Sie nannten mich Mrs. Miracle, und der Name ist mir seitdem geblieben.«

»Besuchen Sie die Erde oft?«

»Immer mal wieder. Ich komme, wenn ich gebraucht werde.«

Sie gingen weiter, und Helen brannten noch eine Menge Fragen auf der Zunge, sodass sie gar nicht wusste, welche sie zuerst stellen sollte.

»Können Sie mir etwas vom Himmel erzählen, wie es dort ist?«

»Oje. Das ist eine schwierige Bitte. Ich weiß gar nicht, wo ich anfangen soll.«

»Lässt es sich mit der Erde vergleichen?«

»Ja … und nein. Im Himmel gibt es eine Schönheit, die sich nicht mit Worten beschreiben lässt.«

»Sie erwähnten, dass Kelly in der Kinderbetreuung arbeitet. Ich habe eigentlich immer gedacht, dass die Zeit, die wir im Himmel verbringen, einem sehr langen Gottesdienst gleicht.«

Mrs. Miracle lachte. »Ich fürchte, das glauben viel zu viele Leute. Sie gehen recht in der Annahme, dass es Andachtszeiten gibt, allerdings nicht rund um die Uhr. Wo wir gerade von der Zeit sprechen: Uhren werden nicht gebraucht, da die Zeit im Himmel keinerlei Bedeutung hat.«

»Keine Bedeutung?«

»Das ist etwas, das sich schwer erklären lässt. Dort herrscht die Ewigkeit, ohne Anfang und ohne Ende. Wir sind nicht an die wissenschaftlichen Gesetze der Erde gebunden.«

Helen brauchte einen Moment, um darüber nachzudenken, und fragte sich, welche Veränderungen ihr das Leben nach dem Tod bescheren würde.

»Können Sie mir sonst noch etwas sagen?«

»Oh, da gibt es viel, aber ich will Sie nicht mit Einzelheiten überfordern. Sie werden es zu gegebener Zeit selbst erleben, und dann wird Ihnen ein umfassender Einblick gewährt werden.«

Der Tod hatte Helen nie Angst eingejagt. Sie wusste, dass er kommen würde, und sie freute sich auf die Wiedervereinigung mit ihrer Familie und ihren Freunden, wenn es so weit war.

»Eines kann ich Ihnen jetzt bereits sagen: dass jeder im Himmel die Talente nutzen kann, die Gott ihm gegeben hat.«

»Sie meinen, wir werden alle Jobs haben?«

Mrs. Miracle lachte. »Keine Arbeit, wie Sie sie von der Erde her kennen. Wir besitzen alle bestimmte Gaben, die uns geschenkt wurden. Während unserer Zeit auf der Erde werden sie vervielfacht, und das bringt uns und anderen Freude und Glück.«

Eine ganz neue Vorstellung für Nana. Bis sie Mrs. Miracle kennengelernt hatte, hatte sie nie viel darüber nachgedacht. Jetzt zerbrach sie sich ständig über all die wunderbaren Möglichkeiten den Kopf.

Sie setzten ihren Heimweg fort und hatten gerade ihre Mäntel aufgehängt, als das Festnetztelefon klingelte.

»Soll ich drangehen? Es ist Laurel«, sagte Mrs. Miracle, ohne auf die Anruferidentifikation blicken zu müssen. Als Helen nickte, begrüßte sie die junge Frau. »Ja, Laurel, Helen und ich haben uns gut unterhalten und uns gegenseitig das Herz ausgeschüttet, also brauchen Sie sich keine Gedanken zu machen.«

»Meine Enkelin macht sich Sorgen um mich, nicht wahr?«

»Ja«, erwiderte Mrs. Miracle. »Ich habe ihr versichert, dass es Ihnen gut geht, und jetzt ist sie beruhigt.«

»Danke. Laurel hat das Recht, sich Sorgen zu machen wegen meiner Vergesslichkeit.« Sie hielt mit dem Stricken inne und seufzte. »Letzte Woche habe ich vergessen, dass ich eine Ladung Wäsche in die Maschine getan habe. Sie hat volle zwei Tage darin gelegen, bis es mir wieder eingefallen ist.«

»Laurel hat es erwähnt.«

Mrs. Miracle drückte Helens Hand. »Alles in Ordnung, meine Liebe. Sie sind von zwei Menschen umgeben, denen viel an Ihnen liegt, die Sie von ganzem Herzen lieben. Weder Zach noch Laurel machen Ihnen Vorwürfe. Schließlich wäre ich ohne Ihre Vergesslichkeit nicht hier.«

Ihre Worte lösten ein Gefühl der Erleichterung aus und entlockten Helen ein Lächeln.

»Sie haben mich nach dem Himmel gefragt.«

»Ja.«

»Zu den erstaunlichsten Dingen im Himmel gehört das Essen. Die Köche sind ausgezeichnet, und es gibt köstliches Gemüse und Obst, das kein Auge auf der Erde je erblickt hat. Jeder Tag ist ein Fest.«

Die Augen der alten Dame wurden groß, als sie sich ausmalte, welche kulinarischen Wonnen sie erwarteten.

»Und das Beste ist«, fügte Mrs. Miracle mit einem Funkeln in den Augen hinzu, »dass es weit und breit keine Waage gibt.«

5. Kapitel

Als Laurel von der Arbeit nach Hause kam, fand sie ihre Großmutter und Mrs. Miracle in der Küche vor, wo sie eifrig Lebkuchenplätzchen backten.

»O mein Gott, hier riecht es ja himmlisch«, rief Laurel. »Sind das Lebkuchenmänner?«

»Allerdings«, gab Nana fröhlich zurück. »Als Mädchen hat es dir Spaß gemacht, sie mit mir zusammen zu backen.«

Am ersten Weihnachtsfest, das Laurel nach dem Verlust ihrer Mutter bei ihren Großeltern verbracht hatte, war sie unglücklich und schlecht gelaunt gewesen. Sie wollte nicht Weihnachten feiern, wenn ihre Mutter nicht bei ihr sein konnte.

Nach mehreren Versuchen, sie in die Festtagszeit einzubinden, hatte die Großmutter sie schließlich überredet, beim Plätzchenbacken zu helfen. Gemeinsam verzierten sie jedes einzelne und brachten sie zum Seniorenzentrum, um sie dort zu verteilen. Es war, als ob ein Knoten geplatzt wäre, denn Laurel lebte sichtlich auf und fand Freude an der Arbeit, mit der sie anderen ebenfalls Freude machen konnte. Aus diesem

Grund hatte sie sich die Tradition, Lebkuchenmänner und andere Plätzchen zu backen und sie zu Weihnachten mit anderen zu teilen, bis heute bewahrt.

Kurz nach ihr kam Zach nach Hause. »Schau mal nach draußen«, forderte er sie auf, als er die Feuchtigkeit von seinem Mantel schüttelte. »Es fängt an zu schneien.«

Ungläubig lief sie zum Fenster. Und tatsächlich schwebten große, dicke, im Licht wie Diamanten funkelnde Flocken träge vom Himmel herab, landeten auf dem Gras und verschwanden schnell wieder. Ein Anblick, der ihr Herz mit einem Übermaß an Weihnachtsvorfreude erfüllte, wenngleich sie das Gespräch vom Abend zuvor über den Engelsglauben der Großmutter nicht vergessen konnte. Damit würden sie und ihr Mann sich noch beschäftigen müssen. Genauso wie mit der Tatsache, dass Zach nicht weiterhin daran glauben durfte, dass ein Baby aus heiterem Himmel wie auf wundersame Weise auf ihrer Türschwelle auftauchen würde. Solche Gespräche könnten böse für sie beide ausgehen.

»Wir müssen unseren Weihnachtsbaum besorgen«, wechselte Laurel das Thema. »Am besten suchen wir ihn heute Abend aus, stellen ihn auf und schmücken ihn.«

Trotz ihrer Meinungsverschiedenheiten war Weihnachten ihre Lieblingszeit im Jahr, und das wollte sie sich nicht entgehen lassen, denn sie und Zach unternahmen alles gemeinsam, um sich den Zauber der Weihnachtszeit nicht entgehen zu lassen.

Ihr Mann schaute skeptisch in die Runde. »Für Mrs. Miracle ist es Zeit, nach Hause zu gehen, oder? Was machen wir dann mit Nana? Wir dürfen sie auf keinen Fall alleine zu Hause lassen, denn um diese Zeit wird sie immer verwirrter und reizbarer.«

»Hat jemand davon gesprochen, einen Weihnachtsbaum zu kaufen?«, ertönte Mrs. Miracles Stimme in diesem Moment.

»Wir werden bis zum Wochenende warten«, meinte Laurel zögernd, »dann passt es uns zeitlich besser.«

»Unsinn«, widersprach Mrs. Miracle. »Geht ihr zwei getrost. Sucht euren Baum aus, und wenn ihr ohnehin unterwegs seid, gönnt euch ein Abendessen. Jedes Paar braucht so was ab und zu. Helen und ich amüsieren uns derweilen glänzend.«

»Sie sind inzwischen den ganzen Tag hier und …«

»Wenn Sie sich wegen der Überstunden Gedanken machen, das ist nicht nötig. Wir haben momentan ein Sonderangebot, das so etwas möglich macht. Den ganzen Dezember gibt es eine Flatrate, egal wie viel Zeit ich hier mit Helen verbringe.«

»Ich erinnere mich nicht, dass die Frau, mit der ich gesprochen habe, etwas Derartiges erwähnt hat«, wandte Laurel ein.

»Als Sie angerufen haben, hat sie es Ihnen wahrscheinlich nicht gesagt, weil sie nicht dachte, dass noch vor dem ersten Januar ein Caring Angel für Ihre Großmutter zur Verfügung steht.«

Zach sah Laurel an, damit sie die Entscheidung traf. Es war Wochen her, seit sie einen Abend ausgegangen waren. Helens Demenz ließ da keinen Spielraum.

»Sind Sie ganz sicher, dass Sie wirklich bleiben können?«

»Himmel, ja. Jetzt gehen Sie los und machen Sie sich einen schönen Abend. Und finden Sie vor allem den perfekten Weihnachtsbaum.«

Zach sammelte die Wintersachen ein und schob seine Frau hastig aus dem Haus, bevor Mrs. Miracle es sich anders überlegte.

»Hey«, sagte Laurel lachend und versuchte auf dem Weg zum Auto ihren Mantel anzuziehen. »Gib mir eine Sekunde Zeit.«

Aufgeregt kichernd blieb sie stehen wie eine ihrer Schülerinnen. Es schneite immer noch, und sie breitete die Arme aus, um ein paar der dicken Flocken auf ihren Handflächen aufzufangen.

»Was wollen wir zuerst machen?«, fragte Zach. »Dinner oder Baum?«

»Andersherum«, gab Laurel schwindelig vor Freude zurück. »Erst Baum, dann Dinner.«

»Perfekt.«

Als sie ins Auto einstiegen, beugte er sich vor und küsste sie ausgiebig. Es war wie in den alten Tagen, kurz vor ihrer Hochzeit, als es ihnen so vorgekommen war, als könnte nichts jemals schiefgehen. Mehr als alles andere wünschte Laurel sich, diesen Abend ohne die Anspannung genießen zu können, die sie am Abend zuvor empfunden hatte. Sie nahm Zachs Kopf zwischen die Hände und erwiderte seinen Kuss.

»Ich kann mich gar nicht mehr an das letzte Mal erinnern, wo wir ausgegangen sind, allein wir beide«, sagte ihr Mann, als er hinter das Steuer rutschte und den Motor anließ.

So traurig es war: Laurel wusste es selbst nicht mehr. Nachdem sie bei Nana eingezogen waren, hatten sie mit so vielen finanziellen Belastungen zu kämpfen, dass ihr knappes Budget für irgendwelche Vergnügungen nicht reichte. Und dann begann noch die geistige Gesundheit ihrer Großmutter nachzulassen, was ihre Möglichkeiten weiterhin einschränkte.

»Ich möchte dieses Jahr einen großen Baum«, sagte Laurel, als sie sich auf den Weg zu dem Weihnachtsbaumverkauf in der Nachbarschaft machten.

»Bekommst du. Erinnerst du dich noch an unsere ersten Dates, als wir mitten im Sommer im Gras gelegen und in den Himmel geschaut haben?«

Als ob Laurel das vergessen würde. Das waren jene Abende gewesen, wo sie sich Hoffnungen und Träume für die Zukunft gemacht hatten, einschließlich einer bevorstehenden Heirat.

»Wir haben über alles gesprochen«, entsann sie sich. »Unsere Zukunft sah strahlend aus, ich als Lehrerin und du als genialer Computerprogrammierer. Nichts und niemand konnte sich uns in den Weg stellen, dachten wir.«

»Wir wollten uns ein Haus bauen, es entweder selbst entwerfen oder ein bestehendes umbauen. Ich wollte auf dem Capitol Hill wohnen, du hattest dich auf Ballard versteift. Ein Haus mit vier Schlafzimmern und einem Arbeitszimmer für dich. Zwei Kinder und wenigstens ein Hund, richtig?«

»Zwei Kinder«, wiederholte sie langsam. »Das erinnert mich daran, wie sehr ich als deine Frau versagt habe.«

»Nein«, wehrte Zach sich. »Nein, niemals. Wie kannst du so etwas bloß andeuten?«

»Weil ich dir keine Kinder schenken kann«, erwiderte Laurel bitter.

Es schmerzte, die Worte zu flüstern. Sie kam sich vor wie eine Versagerin, eine Enttäuschung für den Mann, den sie liebte. Dabei hatte Zach ihr stets treu zur Seite gestanden, sich kein einziges Mal beklagt oder von seinem eigenen Verlustschmerz gesprochen. Er war es gewesen, der sie wieder aufgerichtet hatte, nachdem ihnen Jonathan weggenommen worden war, und der sie aufgerichtet hatte, als die Hormonbehandlungen fehlgeschlagen waren und sie nicht schwanger wurde.

»Du hast mir so viel mehr als Kinder gegeben, Laurel. Es tut mir leid, verzeih mir. Ich weiß, wie schmerzlich das für dich ist, und ich will dir bestimmt keine Vorwürfe machen.«

Um den Abend nicht ganz zu verderben, zog Laurel es vor zu schweigen, selbst wenn sie nicht gegen das Gefühl ankam, ihren Mann im Stich gelassen zu haben.

»Lass uns diesen Abend genießen. Viele solcher Gelegenheiten werden wir nicht mehr bekommen«, meinte er.

»Du hast recht. Reden wir nicht mehr von Dingen, die nicht sein sollten. Dieser Abend ist für das Hier und Jetzt. Für uns.«

Sie hielten bei dem Parkplatz, auf dem Weihnachtsbäume verkauft wurden, und schauten gut und gerne zwei Dutzend an, um sie alle von oben bis unten zu inspizieren, wobei Zach eindeutig die größere Geduld aufwies. Jeden Baum stieß er mehrmals auf den Boden, bis sie das perfekte Exemplar gefunden hatten. Eine frisch geschlagene Tanne, die nach Weihnachten roch und sie an ihre Kindheit erinnerte.

Nachdem ein Teenager der Pfadfindertruppe geholfen hatte, den Baum auf dem Dach des Autos zu befestigen, steuerten sie Starbucks an, um sich mit einem Heißgetränk aufzuwärmen. Laurels Gedanken wanderten zu früheren Weihnachtsfesten.

»Im Jahr, bevor meine Mom starb, haben wir beide unseren eigenen Christbaumschmuck gebastelt. Dad hat ihn Nana am ersten Weihnachten geschickt. Er war hässlich, besonders die Teile, die ich gemacht hatte. Wir haben Gussformen benutzt, sie mit Gips gefüllt und dann angemalt. Sie wurden jedes Jahr an den Baum gehängt, bis sie alle zerbröckelt waren.«

Laurel hatte jahrelang nicht mehr an diesen Christbaumschmuck gedacht, jetzt wünschte sie sich nichts mehr, als noch einmal eines der Stücke in die Hand nehmen zu können. Es zu sehen, es zu berühren. An ihre Mutter zu denken. Erinnerungen an sie wachzurufen.

»So einen alten Christbaumanhänger hätte ich gut als Geschenk fürs Büro gebrauchen können«, bemerkte Zach, der keine Ahnung hatte, wie viel ihr dieser Gipsschmuck bedeutete.

»Wie wäre es als Mitbringsel stattdessen mit diesem scheußlichen grauen Pullover mit den rosa Tupfen, den du letztes Jahr bekommen hast?«

»Hey, ich mag diesen Pullover«, protestierte Zach scherzhaft.

»Klar tust du das. Und wie oft hast du ihn getragen?«

»Nie.« Er dachte nach. »Ihn wieder bei der Weihnachtsfeier einzusetzen ist der ideale Weg, ihn loszuwerden.«

Nachdem sie ihr Heißgetränk geleert hatten, dachten sie über das Essen nach.

»Wie wäre es mit mexikanisch?«, schlug Laurel vor, da sie es beide als ihr Lieblingsessen betrachteten.

»Unten am Hafen gibt es ein Restaurant, das ich schon lange ausprobieren wollte. Wir könnten das Auto hier stehen lassen und mit dem Bus rüberfahren. Hättest du Lust?«

Perfekt, fand Laurel. Sie liebte es, nachts durch das Hafenviertel von Seattle zu schlendern, wenn an den Bäumen entlang der Straße weiße Lichter schimmerten und die hell erleuchteten Fähren durch das dunkle Wasser des Puget Sound pflügten, von dem intensiver Salzgeruch herüberwehte.

Nachdem sie dem Parkplatzjungen noch einmal den Baum auf dem Auto anvertraut hatten, fuhren sie mit dem Stadtbus durch die belebten Straßen, bis sie das Hafenviertel erreichten. Ein Duft nach gekochten Muscheln, Austern, Lachs und Clam Chowder von den nahegelegenen Restaurants erfüllte die Luft, der alle ihre Sinne reizte.

Zach führte sie zu dem mexikanischen Restaurant, dessen Geländer Dutzende künstlicher Christsterne säumten. Erwartungsvoll suchten sie sich drinnen einen Platz.

»Ich bin zigmal am *Moctezuma's* vorbeigegangen, und immer schien es ziemlich voll zu sein, also gehe ich davon aus, dass das Essen gut ist«, erklärte er und irrte sich nicht.

Als Erstes bestellten sie Chips und Salsa, für Zach folgten Enchiladas, während Laurel sich nach langem Überlegen für Tortillasuppe entschied.

Nach wenigen Minuten wurde alles serviert. Sie aßen, unterhielten sich und tranken jeder eine Margerita. Ihr gestriges unangenehmes Gespräch hatten sie vorübergehend verdrängt. Der Abend verlief perfekt, außer dass Zach irgendwie bedrückt wirkte.

»Zach? Ist alles in Ordnung?«

»Natürlich. Warum fragst du?«, sagte er fast abwehrend.

»Du wirkst so ernst. Als gäbe es da etwas, das du mir erzählen willst.«

Er stritt es hastig ab. »Alles bestens. Wie könnte es anders sein? Allerdings ist es spät. Wir müssen zurück«, fügte er nach einer Weile hinzu und ließ Laurel im Ungewissen.

In der Tat war die Zeit vergangen wie im Flug. Als sie bei ihrem Auto ankamen, war der Pfadfinder gerade dabei, den Verkaufsstand zu schließen.

»Ich fühle mich ganz schrecklich, weil wir so lange geblieben sind«, sagte Laurel auf der Heimfahrt, weil sie überzeugt war, dass Mrs. Miracle denken würde, sie hätten ihr großzügiges Angebot ausgenutzt.

Zu ihrer Überraschung brannte im Wohnzimmer noch Licht. Während Zach den Baum vom Wagendach losband, lief Laurel hastig ins Haus und fand Mrs. Miracle vor dem Fernseher sitzend vor. Sie hielt ihr Strickzeug in den Händen und wirkte ruhig und zufrieden.

»Es tut mir so leid … Die Zeit ist einfach verflogen. Wir haben gar nicht gemerkt, wie spät es ist.«

»Machen Sie sich deswegen keine Gedanken.« Mrs. Miracle wischte ihre Entschuldigungen mit einer Handbewegung beiseite. »Ich hatte einen entspannten Abend. Ihre Großmutter und ich sind aufgeblieben und haben uns unterhalten. Sie ist vor weniger als einer halben Stunde ins Bett gegangen. Ziemlich spät. Wir haben beim Erzählen die Zeit vergessen.« Sie griff nach ihrem Strickbeutel und ihrem Mantel. »Wir sehen uns dann morgen früh.«

»Sind Sie sicher? Ich meine, möchten Sie nicht lieber ausschlafen? Bestimmt kommt Nana ein paar Stunden alleine klar. Oder ich bleibe ein paar Stunden bei ihr, bis Sie kommen.«

»Ach was«, beharrte Mrs. Miracle. »Ich bin morgen frisch und munter hier so wie immer.«

Als sie gerade zur Tür hinausgehen wollte, kam Zach mit dem Weihnachtsbaum herein.

Die Pflegerin trat zur Seite, um ihn ins Wohnzimmer zu lassen. Sie blieb kurz stehen, um den Baum zu bewundern.

»Er ist perfekt«, lobte sie.

»Meine Frau hat einen ausgezeichneten Geschmack.«

»Ja, den hat sie«, pflichtete Mrs. Miracle ihm bei und war mit diesen Worten zur Tür hinaus.

Am nächsten Morgen erschien sie pünktlich und wirkte ausgeruht und bereit für einen neuen Tag. Nana lag noch fest schlafend im Bett.

»Sie haben den Baum aufgestellt«, stellte die Betreuerin fest. »Es ist der optimale Platz für ihn.«

»Leider hatten wir nicht die Zeit, noch mehr zu machen, als ihn aufzustellen«, sagte Laurel seufzend. »Mit dem Schmücken werden wir bis zum Wochenende warten müssen.«

»Möchten Sie, dass Ihre Großmutter und ich das übernehmen?«

Das Angebot kam für Laurel vollkommen unverhofft. Sie hatte nicht damit gerechnet, dass Mrs. Miracle eine so aufwendige Aufgabe übernehmen würde.

»O nein. Bitte, Sie haben so viel getan, darum kümmern wir uns selbst. Das sollte kein Wink mit dem Zaunpfahl sein.«

»So habe ich das auch nicht aufgefasst. Ich mag es, Bäume zu schmücken und Plätzchen zu backen, zumal es Ihrer Großmutter frohe Erinnerungen ins Gedächtnis zurückrufen könnte, die längere Zeit begraben waren.«

Laurel nickte. Es war genau das, was Nana brauchte. Wenn Mrs. Miracle in dieser Weise die Vergangenheit freizusetzen vermochte, wäre das optimal für ihre Großmutter.

»Dann lassen Sie es in Gottes Namen auf einen

Versuch ankommen. Wir haben alles vom Dachboden heruntergebracht.«

»Ich denke, wir werden einen wundervollen Tag haben.«

Und das glaubte Laurel genauso.

Als der Tag verging, kamen ihr jedoch Bedenken bezüglich ihrer Entscheidung, die beiden Frauen den Baum schmücken zu lassen. Ihre Großmutter war Ende siebzig, und Mrs. Miracle musste Mitte sechzig sein, wenn nicht älter. Waren die beiden nicht schlicht zu alt? Was hatte sie sich dabei gedacht? Immerhin war es schwer genug gewesen, den großen Baum mit seinen üppigen Zweigen in den Ständer zu bekommen. Außerdem würde für das Schmücken mit Sicherheit die Trittleiter benötigt werden, besonders für die Lichter. Und wie sollten sie einen Engel auf die Spitze stecken? Bei der Vorstellung erschauerte Laurel. In ihrer Mittagspause schickte sie Mrs. Miracle eine Textnachricht, um sich nach dem Stand der Dinge zu erkundigen, und erhielt innerhalb von Sekunden eine Antwort.

Alles bestens. War nie besser.

Das Erste, was sie sah, als sie später an diesem Nachmittag in die Einfahrt einbog, war der hell erleuchtete Weihnachtsbaum hinter dem Fenster. Einen Moment lang dachte sie, es handele sich um das falsche Haus. Der Baum sah aus wie etwas aus einem Weihnachtsfilm. Tausend winzige Lichter schienen daran zu leuchten. Sogar von draußen konnte sie sehen, dass er mit einer enormen Menge an Schmuck in allen Größen, Formen und Farben übersät war.

Als sie die Vordertür erreichte, wurde sie von Nana begrüßt. »Wie findest du ihn?«, fragte sie mit strahlenden Augen und zog ihre Enkelin ins Haus.

Laurel kriegte den Mund nicht mehr zu. »Der Baum sieht überwältigend aus.«

»Es ist der schönste Weihnachtsbaum überhaupt«, stimmte Nana zu und klatschte wie ein Kind in die Hände.

»Habt ihr zwei das ganz alleine gemacht? Ohne Elfen anzuheuern, die euch helfen?«

»Ja«, erwiderte Mrs. Miracle und zwinkerte der Großmutter zu.

»Und sieh mal, Laurel, was wir gefunden haben.« Nana deutete auf einen alten, abgenutzten glockenförmigen Anhänger. »Ist das nicht der, den du vor Jahren mit deiner Mutter gebastelt hast?«

»Wie ist das möglich?«, flüsterte die junge Frau, während sich ihre Augen mit Tränen füllten. »Die Glocke ist vor Jahren zerbrochen. Ich habe Zach erst gestern Abend gesagt, wie sehr ich mir wünschte, ich hätte wenigstens eine von diesen Formen retten können, die Mom und ich gebastelt haben.«

Beide Frauen sahen erst einander, dann Laurel an und lächelten.

»Mrs. Miracle hat in der Garage noch ein paar andere Kartons gefunden«, erklärte Nana. »Dein Großvater muss sie weggepackt haben.«

»Ich glaube es einfach nicht.«

Laurel hatte die Garage selbst einige Male abgesucht und erinnerte sich nicht daran, dass ihre Großeltern mehr als einige wenige Kartons mit Weihnachtsdekorationen gehabt hatten, und die waren alle auf dem Dachboden aufbewahrt worden.

»Und trotzdem ist er aufgetaucht«, meinte Nana. »Freust du dich?«

»O ja.« Schließlich war es die Weihnachtszeit, und dieses Jahr war sie etwas ganz Besonderes. Eine Zeit der Wunder.

6. Kapitel

Am nächsten Morgen wachte Laurel früh auf und ging von ihrem Schlafzimmer in die Küche. Als sie am Wohnzimmer vorbeikam, blieb sie stehen. Ihr Blick wurde augenblicklich von dem Weihnachtsbaum und der selbst gebastelten rosa Gipsglocke angezogen, die neben dem schimmernden Glasschmuck und den funkelnden Lichtern ziemlich schäbig wirkte und die ungeschickten Hände einer Neunjährigen verriet.

Davon abgesehen übertrafen die Dekoration und die Schönheit des Baumes alles, was sie und Zach hätten zustande bringen können. Es war ein echtes Kunstwerk. Umso mehr wunderte sie sich, wie Mrs. Miracle und ihre Großmutter das ganz ohne Hilfe hinbekommen hatten.

Zach leistete ihr kurz Gesellschaft und trank seinen Kaffee, bevor er das Haus verließ. Auch er war von der magischen weihnachtlichen Atmosphäre mehr als fasziniert und wusste nicht, was er von den sonderbaren Wundern halten sollte. Von angeblichen Engeln und dem Wiederauftauchen seit Jahrzehnten verschwundener Dekoration. Und im Hintergrund spukte der Gedanke an ein Baby, der die jungen Leute zu entzweien drohte.

»Ich muss in die Tretmühle«, sagte Zach, als er sie auf die Wange küsste. »Heute Abend werde ich erst spät nach Hause kommen.«

»Denk daran, dass ich nach dem Unterricht kurz zurückkomme und dann wieder in die Schule fahre, um mich mit den Eltern zu treffen, die bei der Weihnachtsaufführung helfen.«

»Wir sehen uns dann später«, entgegnete ihr Mann. »Ich bin wahrscheinlich vor dir zu Hause.«

»Hab einen schönen Tag.«

»Wie könnte ich nach *dieser* Nacht, die uns gehört hat, keinen schönen Tag haben?«, flüsterte er ihr ins Ohr.

Irgendwie hatte sie das Gefühl, dass ihr Mann angestrengt versuchte, sie davon zu überzeugen, dass mit ihm alles in Ordnung war, dass er normal tickte und ihr Schicksal genauso akzeptierte wie sie. Aber sie glaubte das nicht.

Laurel schüttelte die fruchtlosen Gedanken ab und begab sich in die Küche, wo Mrs. Miracle soeben eingetroffen war und das Frühstück für Nana vorbereitete.

»Waren Sie in einem früheren Leben womöglich Raumausstatterin?«, fragte sie.

Überraschung spiegelte sich in den Augen der Betreuerin wider. »Wie kommen Sie denn darauf?«

»Dieser Weihnachtsbaum. Er ist überirdisch. Ich habe nie etwas Vergleichbares gesehen, und glauben Sie mir, ich bin schon vor vielen Bäumen stehen geblieben. Sie müssen irgendeine Art professioneller Erfahrung haben.«

»Ich und Raumausstatterin von Beruf? Bestimmt nicht.«

»Dann haben Sie ein angeborenes Talent dafür«, befand Laurel und wandte sich zur Tür, als ihre Großmutter fertig angezogen in der Küche auftauchte und für ihre Verhältnisse ungemein energisch wirkte. Die mit ihr vorgegangenen Veränderungen grenzten an ein Wunder und waren ohne Zweifel ein Verdienst von Mrs. Miracle, wenngleich Laurel nicht an die Engelsgeschichten glaubte.

»Hast du gut geschlafen?«

»Wie ein sattes Kätzchen. Und dazu passend hatte ich einen wunderschönen Traum«, erklärte Nana.

»Von Großvater?«

»Nein, von dir.«

»Von mir?«

»Ja. Von dir, Zach und …« Sie brach ab, als hätte sie mehr gesagt, als sie sollte.

Aus den Augenwinkeln heraus bemerkte Laurel, wie Mrs. Miracle leicht den Kopf schüttelte. Scheinbar warnte sie Nana davor, zu viel auszuplaudern, bloß kümmerte die sich nicht darum.

»Der Traum handelte von dir und Zach«, wiederholte sie. »Es war ein schöner, ein glücklicher Traum. Es wärmt mir das Herz, dich mit deinem besten Freund verheiratet zu sehen.«

Wie recht Großmutter hatte. Zach war ihr bester Freund, mit dem sie bis heute durch dick und dünn ging, mit dem sie Leiden und Entbehrungen verkraftete.

Helen sah ihrer Enkelin nach und wünschte, sie hätte ihr ihren Traum erklären können. Es war richtig gewesen, dass Mrs. Miracle ihr Einhalt geboten hatte. Der Traum und das Baby, das bald kommen würde, hätten Laurel nicht getröstet, sondern genau das Gegenteil bewirkt. Sie hingegen hatte ihn so lange festgehalten, wie es ging, hatte sich bewusst an die Bilder geklammert, bis sie verblassten wie der Nebel, der sich über dem Puget Sound auflöste.

Mrs. Miracle trat zu ihr, und die beiden Frauen spähten aus dem Fenster, als Laurel in ihr Auto stieg und davonfuhr. Der helfende Engel berührte Helen sacht am Arm.

»Laurel ist noch nicht so weit. Ihr von Ihrem Traum zu erzählen hätte ihr wehgetan.«

»Ich wünschte, ich hätte sie an den Bildern teilhaben lassen können. Er war so lebhaft, so realistisch. Deshalb kann ich nicht anders, als zu glauben, dass alles genauso kommen wird, wie ich es geträumt habe – genauso, wie Sie es mir vorhergesagt haben.«

»Gott spricht oft in unseren Träumen zu uns, meine Liebe.«

Helen nickte. Ihr Ehemann war fast auf den Tag genau ein Jahr nach seinem Tod im Traum zu ihr gekommen. Sie hatte sich traurig und einsam gefühlt, hatte nicht schlafen konnte. Nach stundenlangem Herumwälzen war sie in eine Art Halbschlaf gefallen. Plötzlich war Robert bei ihr gewesen, von Lachen und Leben erfüllt, wie es selbst nach all diesen langen Ehejahren zwischen ihnen gewesen war.

»Du bist da«, hatte sie zu ihm gesagt, obwohl sie sich nicht sicher war, ob sie die Worte laut ausgesprochen hatte oder nicht.

Trotz ihres verzweifelten Sehnens hatte Robert nicht geantwortet, erst als sie hinzufügte, wie sehr sie ihn vermisste, hatte er gegrinst, um ihr zu verstehen zu geben, dass er sie desgleichen vermisst hatte.

Und dann war er plötzlich fort. Fort. Einfach so. Verschwunden, als wäre er überhaupt nie in diesem Raum gewesen.

Helen hatte im Bett gelegen, und die Tränen waren ihr aus den Augen geströmt, weil sie ihn so gerne zurückgerufen hätte. Irgendwann war sie in einen tiefen Schlaf gefallen, und als sie am nächsten Morgen erwachte, war sie überzeugt, sich den ganzen Vorfall eingebildet zu haben als Teil ihrer Trauer und ihrer Fantasie.

Mit einem Mal fiel ihr ein, dass Mrs. Miracle, wenn

sie denn ein Engel war, wie sie behauptete, die Wahrheit bezüglich dieser Nacht kennen müsste.

»Robert ist in einer Nacht zu mir gekommen, das wissen Sie sicher«, sagte sie.

»Ja, das ist er. Es war seine Art, Ihnen mitzuteilen, dass er glücklich war und Sie sehr geliebt hat.«

»Er fehlt mir, sogar jetzt noch«, flüsterte sie unter Tränen.

Mrs. Miracle legte den Arm um sie. »Das weiß ich. Es ist der Preis, den wir zu zahlen haben, wenn wir lieben. Glück und Verlust in einem Paket verpackt. Sie und Laurel müssen sich jetzt daran halten, dass das Herz zwar in tausend Stücke zerspringen kann, die Seele dagegen unversehrt bleibt.«

Vielleicht lag es an all den Gefühlen, die sie in diesem Moment durchströmten, an all dem Reden über Robert. Was immer es war, Helen wurde es mit einem Mal fürchterlich schwindelig, und sie musste sich setzen. Mrs. Miracle merkte es und führte sie behutsam zu ihrem Lieblingssessel.

»Ich mache Ihnen einen Tee«, sagte sie und verschwand in der Küche.

Helen konnte hören, wie sie dort herumhantierte, wie sie den Gasbrenner einschaltete, den Kessel aufstellte und Schranktüren öffnete. Sie schloss die Augen, während sie wartete. Tee war die Lösung ihrer Mutter für fast alle Probleme gewesen. Für Ärger mit ihrem Bruder James wie bei Problemen in Haus und Hof.

Selbst bei einer schlechten Schulnote wurde Teewasser aufgesetzt oder wenn eine Nachbarin vorbeikam, um zu jammern, dass ihr Mann seinen Job verloren hatte. Extrastarker Tee. Ihre Mutter war überzeugt gewesen, dass sich jedes Problem der Welt mit drei Dingen lösen ließ: einer Tasse heißem Tee, genug Zeit und Gottes Weisheit.

Mrs. Miracle kam kurz darauf mit dem dampfenden Tee zurück, den sie in einer antiken Porzellantasse servierte, die Helens Mutter gehört hatte.

»Trinken Sie das und ruhen Sie sich aus. In ein paar Minuten werden Sie sich besser fühlen.«

Der Geschmack war köstlicher als alles, was sie je zuvor getrunken hatte, ohne dass sie nach den Inhaltsstoffen fragte. Innerhalb kürzester Zeit, wie ihr schien, war sie wieder sie selbst und bereit, den Tag in Angriff zu nehmen. Sogar der Wunsch, die Stadt zu erkunden, stand auf ihrem Plan, weil sie ihren ganz persönlichen Engel hatte, der sie begleitete.

»Wie wäre es mit ein paar Weihnachtseinkäufen?«, schlug sie vor. »Es ist inzwischen so lange her, seit ich zuletzt in der Stadt war, und es gibt keine bessere Zeit als jetzt.«

Mrs. Miracle lächelte. »Das ist eine ausgezeichnete Idee.«

Sie warteten bis zum späten Morgen und nahmen dann den Bus zum Einkaufsviertel. Die Straßen wimmelten von Menschen, festliche Klänge der Glocken hingen in der Luft. Ein Verkäufer, der heiße Kastanien feilbot, stand an der Ecke und brachte Helen Kindheitserinnerungen zurück. Sie blieb stehen, weil sie sicher war, Zimt zu riechen, der sich mit dem Duft frisch geschnittener Tannenzweige vermischte.

Arm in Arm schlenderten sie zum Pacific Place, dem Einkaufszentrum im Herzen der Innenstadt von Seattle. Eine Gruppe von Weihnachtssängern in viktorianischen Kostümen, komplett mit Pelzschals und langen Wollmänteln, kam an ihnen vorbei, die Männer trugen Zylinder und gestrickte Schals. Helen und Mrs. Miracle machten halt, um den Stimmen der Sänger zu lauschen, bis sie um die nächste Ecke bogen.

»Es ist alles so, wie ich es von früher in Erinnerung habe.«

Helen blieb erneut stehen, um in die Schaufenster von Nordstrom zu spähen und die lange Schlange von Eltern mit ungeduldigen Kindern zu betrachten, die darauf warteten, Santa Claus zu besuchen. Sie erinnerte sich daran, wie sie Laurel als Kind für ein Foto hierhergebracht hatte. Die Bilder, die ihnen per Post zugeschickt wurden, zeigten allerdings den Schmerz, der das Kind nach dem Tod der Mutter gequält hatte.

Jahrzehnte war das her, jetzt steuerten sie ein anderes Geschäft an, das Schreibwaren aller Art anbot. Helens Blick fiel auf ein Regal mit Geburtsanzeigen. Sie spähte über ihre Schulter und lächelte Mrs. Miracle an. »Es ist ein Mädchen, sagen Sie?«

Mrs. Miracle grinste und nickte. Helen legte einen Karton in den Korb an ihrem Arm. »Soll ich sie unter den Baum legen? Oder bis nach Weihnachten warten, um sie ihr zu geben?«

»Unter den Baum«, riet Mrs. Miracle mit einem Zwinkern im Auge und machte der Großmutter eine Riesenfreude, weil das Warten für ihre Enkelin bald vorbei sein würde.

Anschließend gönnten sie sich einen Lunch in einem hübschen italienischen Restaurant und ließen sich ihre Ravioli schmecken, bevor sie zum Pike Place Market gingen, dem ältesten Bauernmarkt in den Staaten, auf den Seattle unendlich stolz war. Mit Recht, denn der Markt war ein reines Wunderland. Fischhändler warfen mit Lachsen, anderswo wurden frisches Gemüse und Früchte angeboten. An anderen Ständen verkauften Handwerker ihre Erzeugnisse, angefangen von aromatisierten Honigsorten und gewürzten Nüssen bis zu wunderschön arrangierten Weihnachtssträußen.

Mrs. Miracle blieb lange stehen, um die aus der Asche des 1980 erfolgten Vulkanausbruchs gefertigten Figürchen zu betrachten, während Helen für Zach eines als Briefbeschwerer erstand, einen Orca, da sie wusste, wie sehr er Wale mochte. Anschließend war es Zeit, den Heimweg anzutreten und auszuruhen.

Als Laurel von der Schule zurückkam, fand sie Helen strickend in ihrem Sessel vor.

»Wie war dein Tag?«, fragte sie ihre Enkelin.

»Hektisch. Und bei dir?«

»Mrs. Miracle und ich hatten einen herrlichen Tag«, sagte die Großmutter und tauschte ein zufriedenes Lächeln mit ihrem Caring Angel.

7. Kapitel

Helen sah zu, wie Laurel das Haus verließ, um zur Schule zurückzufahren und sich dort wegen der Weihnachtsaufführung mit den Eltern zu treffen. Sowie die Tür geschlossen wurde, blickte sie ihre Betreuerin an.

»Ich möchte ihr so gerne von dem Baby erzählen, das bald kommt«, meinte sie mit einem Seufzer.

Mrs. Miracle kam mit einer duftenden Tasse Weihnachtstee sowie einem Teller mit Plätzchen zu ihr ins Wohnzimmer, setzte sich neben sie und tätschelte ihre Hand.

»Die Zeit ist noch nicht reif, meine Liebe. Haben Sie Geduld.«

Die alte Dame vertraute ihrer Engelfreundin uneingeschränkt. Warum auch nicht, schließlich war Mrs. Miracle eigens für diese Mission zu ihr geschickt worden. So zumindest sah sie das, selbst wenn andere das als Zeichen für ihre Demenz betrachteten. Sie war nicht einmal ganz sicher, wie ihre Enkelin das alles bewertete.

»Sie würde mir vermutlich gar nicht zuhören oder

mich auslachen«, sagte sie, »weil sie das gar nicht wahrhaben will.«

»Denken Sie an Sarah, die das ebenfalls getan hat.«

»Sarah?« Helen konnte sich an keine Bekannte dieses Namens erinnern.

»Ja, die Sarah aus der Bibel. Als der Engel des Herrn zu Abraham kam und ihm sagte, er werde um diese Zeit im nächsten Jahr einen Sohn haben, hörte Sarah das und hatte Mühe, ein Lachen zu unterdrücken.«

Die Großmutter seufzte, weil sie das an ihre Enkelin erinnerte, die lieber an ihrer geistigen Gesundheit zweifelte, als daran zu glauben, dass sie bald ein Kind in den Armen halten würde. Sie vertraute ganz auf Mrs. Miracles Wissen, dass sich für die unglückliche junge Frau das Schicksal noch grundlegend zum Guten wenden und sie die Erfüllung ihres Lebens finden würde.

»Laurel ist an einem Punkt der Resignation angelangt, an dem sie nicht weiterkommt«, erklärte Mrs. Miracle. »Worauf ich hoffe, ist, dass Laurel das Gute in ihrem Leben sehen wird, statt sich auf das zu konzentrieren, was sie nicht hat, und dass sie dankbar für das sein wird, was sie bekommt. Natürlich ist es nicht immer einfach, aufrichtig dankbar zu sein und nicht das zu betrauern, was einem fehlt, und mit der Leere im Herzen zu kämpfen. Schauen Sie, was ich hier habe«, sagte sie und hielt ihr einen alten Karton hin.

»Was um alles in der Welt ist das?«

»Ich glaube, es ist die Krippe, die Sie erwähnt haben. Die, von der Sie auf der Busfahrt nach Hause geschwärmt haben, eine verlorene Erinnerung an Ihre Kindheit.«

Helen riss die Augen auf. »Wo haben Sie sie gefunden? War sie in der Garage gelagert zusammen mit all dem Weihnachtsschmuck aus der Vergangenheit, den Sie entdeckt haben?«

Der Weihnachtsengel ließ die Frage unbeantwortet. »Wo soll ich sie aufbauen?«

Die Großmutter dachte nach, tauchte ein in die Vergangenheit. Ihre Mutter hatte die Krippe aus Keramik zu jedem Weihnachtsfest auf einem kleinen Tisch neben dem Kamin im Wohnraum der Familie aufgestellt. Es war das Erste, was Besucher sahen, wenn sie während der Weihnachtszeit ins Haus kamen. Eigentlich hatte sie die Krippe nach dem Tod ihrer Eltern unbedingt behalten wollen, doch im Laufe der Zeit waren zu viele Teile zerbrochen. Selbst Kleben und Reparieren nützte nichts. Deshalb verpackte sie irgendwann den Rest und vergaß ihn schließlich komplett.

»Es ist eine schöne Krippe.«

»Das war sie einmal«, stimmte Helen zu. »Ich habe den Fehler gemacht, sie unter den Baum zu stellen. Kelly liebte die Tiere und spielte ständig mit ihnen. Ich hätte es besser wissen müssen und sie die Sachen nicht wie Spielzeug behandeln lassen dürfen. Der Esel und eines der Schafe gingen als Erstes zu Bruch. Das Jesuskind bildete den Schluss.«

»Ja, Kinder spielen gern mit Krippenfiguren. Was halten Sie davon, wenn wir sie auf den kleinen Tisch ganz nah beim Baum stellen?«, fragte Mrs. Miracle.

Das klang in Helens Ohren gut, und während sie sich bei einem Tee mit Orangen-Zimt-Geschmack entspannte, verschwand ihre Betreuerin für ein paar Minuten und kam mit einem zweiten Karton zurück. Sie stellte ihn ab und wickelte sorgfältig ein komplettes Krippenset im Urzustand aus.

Alle siebzehn Teile.

Erstaunlicherweise wirkte Helen weniger verblüfft als erwartet. Sie nahm es als Wunder, denn Mrs. Miracle hatte aus ihrer Verbindung zum Himmel nie ein Geheimnis gemacht. Und das war jetzt das Resultat.

Als Erstes legte sie das Baby in die Krippe, die in der Mitte des Tisches stand, bevor sie zwei weitere Figuren danebenstellte. Maria und Josef. Dann kamen die Hirten, zusammen mit den verschiedenen Tieren. Als Letztes folgte eine Schar himmlischer Vertreter.

»Die Engel waren immer meine Lieblingsfiguren«, sagte Helen.

»Wirklich?«, hakte Mrs. Miracle sichtlich erfreut nach. »Einige meiner engsten Freunde waren in dieser besonderen Nacht in der Umgebung von Bethlehem.«

Gespannt schaute Helen sie an und wartete auf eine Geschichte.

»Shirley konnte einfach nicht wegbleiben. Sie gehört nicht wie ich zu den Caring Angels hier auf der Erde.«

»Nicht? Wer ist sie dann?«

»Sie ist Teil eines Trios, das aus meinen besten Freunden besteht.«

»Sind sie alle Schutzengel?«

»Nein, sie fallen in die Kategorie der Gebetsbotschafter.«

Mit dem Begriff wusste Helen nichts anzufangen. »Was bitte ist der Unterschied zwischen dem, was Sie tun, und dem, was Ihre Freunde tun?«

»Ich will es Ihnen erklären. Gabriel beauftragt die Botschafterengel, auf Gebete zu antworten, wozu sie keine menschliche Gestalt annehmen müssen. Als Caring Angel bin ich dazu in der Lage, sofern es erforderlich ist.«

»Demnach sind Gebetsbotschafterengel nicht imstande, als Menschen aufzutreten so wie Sie und ich?«

»Nur wenn es zwingend erforderlich ist, obwohl meine Freunde die Grenzen dieser Regel bei einigen Gelegenheiten sehr großzügig ausgelegt haben«, erklärte Mrs. Miracle lächelnd. »Gebete zu erhören ist nicht so einfach, wie es klingt. Zudem neigen Goodness und Mercy dazu, etwas freigeistig zu sein. Sie sind von der Erde und den Menschen dort fasziniert. Es passiert ihnen entschieden zu oft, sich in das Leben derer verwickeln zu lassen, denen sie helfen sollen, und darüber vergessen sie den eigentlichen Grund ihres Auftrags.«

»Können Sie mir ein Beispiel dafür nennen, was Sie

meinen?«, fragte Helen nach, weil sie den Zusammenhang nicht voll und ganz begriff.

»Nun ja.« Mrs. Miracle zögerte und blickte über ihre Schulter, ob jemand ihr Gespräch belauschte. »Die Rolle von Gebetsbotschaftern beinhaltet mehr als das Erhören von Gebeten. Bevor sie ihre Mission vollenden können, lautet ihr Endziel, den Menschen, denen sie zugeteilt wurden, eine Lehre zu erteilen.«

»Inwiefern?« Helen beugte sich vor, um der Erklärung besser folgen zu können, welche Pflichten Engel haben.

Ihre Freundin tippte mit dem Finger gegen ihre Unterlippe, schien tief in Gedanken versunken zu sein. »Sie müssen verstehen, dass das nicht mein Fachgebiet ist.«

»Aber Sie wissen mehr, als Sie sagen.«

»Das schon«, räumte sie ein, »wobei es mir nicht zusteht, noch mehr Informationen weiterzugeben, als ich es ohnehin bereits getan habe. So viel kann ich Ihnen noch erzählen. Sowie das Gebet aufgezeichnet ist, liest Gabriel es und überträgt die Aufgabe dem Engel, der am qualifiziertesten dafür ist, die Antwort zu finden. Schlüsselelement für jeden Engel ist es, darauf zu achten, jeden, der betet, das zu lehren, was er lernen muss. Seien Sie versichert, dass jedes Gebet zu gegebener Zeit beantwortet wird.«

»Jedes Gebet?«

»O ja, wenn auch nicht immer so, wie man es vielleicht erwartet. Gott weiß alles am besten, und die Menschen müssen das akzeptieren und auf ihn vertrauen.«

»Wie hießen Ihre Freunde gleich?«

»Shirley, Goodness und Mercy.«

Helen lehnte den Kopf zurück, schloss die Augen und lächelte.

Gutes und Barmherzigkeit werden mir folgen ein Leben lang, zitierte sie.

»Wie im dreiundzwanzigsten Psalm?«

»Richtig.«

»Und Sie sagen, diese drei Engel sind Ihre engsten Freunde?«

»So ist es«, bestätigte Mrs. Miracle. »Und sobald die Zeit kommt und man Sie in den Himmel ruft, werden Sie sie selbst kennenlernen.«

»Ich freue mich darauf.«

»Kommen wir noch einmal auf dieses erste Weihnachten zurück. Shirley, Goodness und Mercy waren bei den himmlischen Heerscharen, die die Hirten besuchten, sie waren viel zu aufgeregt, um dem Ereignis fernzubleiben. Leider sang Shirley falsch, was die Hirten zum Glück anscheinend nicht gemerkt haben.«

Helen lachte. »Ich bin selbst nicht sehr musikalisch, also haben sie und ich dasselbe Problem.«

»Shirley erbot sich freiwillig, zurückzubleiben und auf die Herden zu achten, während die Hirten in die

Stadt eilten, um das Jesuskind zu sehen, von dem die Engel ihnen erzählt hatten.«

»Arme Shirley.«

»Goodness und Mercy blieben auch, um zu helfen. In dieser Nacht waren zahlreiche Engel an der Krippe, um mitzufeiern, daher wurden sie nicht vermisst.«

»Was für eine wundervolle Nacht das gewesen sein muss! Sehen Sie Ihre Freunde oft?«

»Nicht annähernd so oft, wie ich es gerne täte.«

Die Krippe war inzwischen aufgestellt, und Mrs. Miracle trat zur Seite, damit Helen sie begutachten konnte.

»Wie finden Sie sie?«

»Sie sieht genauso aus wie früher.«

Helen dachte an ihre Kindheit zurück, als ihre Mutter die einzelnen Teile arrangiert hatte. Sie standen genau an derselben Stelle wie vor vielen Jahren.

»Erzählen Sie mir mehr von den Engeln«, bat Helen, die so viel in Erfahrung bringen wollte, wie sie konnte.

»Das wage ich nicht. Ich hätte ohnehin nicht so viel durchsickern lassen sollen. Sie könnten in der Aufregung der Vorweihnachtszeit viel zu leicht unsere Abmachung vergessen und Laurel und Zach das, was ich Ihnen gesagt habe, weitererzählen.«

»Oje, Sie haben recht. Ich hätte nie erwähnen dürfen, dass Sie ein Engel sind, tut mir leid.«

»Machen Sie sich deswegen keine Gedanken, meine Liebe«, beruhigte Mrs. Miracle sie. »Ich habe bloß

Angst, dass die jungen Leute sich deswegen noch größere Sorgen um Sie machen. Im Moment ist es am besten, nichts zu sagen. Wenn die Zeit reif ist, werden sie die Wahrheit erfahren.« Sie legte eine Pause ein. »Eines werde ich Ihnen trotzdem noch verraten: Ich habe Mercys Hilfe angefordert.«

»Wirklich? Im Hinblick auf die Adoption?«

»Nein, wegen Zach. Es hat etwas mit dem Kauf von Babysachen zu tun. Mehr werde ich dazu nicht sagen. Es soll eine Überraschung werden, und die will ich nicht verderben.«

»Können Sie mir wenigstens sagen, was Mercy tun wird?«

»Sie werden alles später zu hören bekommen. Wie gesagt, ich möchte Ihnen die Freude nicht verderben.«

Was mochte der Weihnachtsengel meinen? Helen dachte unwillkürlich an das Kinderzimmer. Laurel hatte sich geweigert, es zu betreten, seit sie den kleinen Jungen hatten hergeben müssen.

Den gequälten Ausdruck auf dem Gesicht ihrer Enkelin, als sie Jonathan der Sozialarbeiterin übergeben musste, würde sie nie vergessen. Zach hatte die Arme um Laurel geschlungen, und als die Tür geschlossen wurde, klammerten sie sich aneinander und weinten. Nach wie vor ging Helen die Szene nicht aus dem Kopf. Ihre Enkelin sah sich nichts mehr in dem Zimmer an. Nicht einmal den großen Heißluftballon mit einem Baby im Korb, den Zach gemalt hatte und auf dem der Name Jonathan prangte: Geschenk Gottes.

Das Wissen, dass den beiden ein anderes Baby bestimmt war, erfüllte Helen mit Glück, und sie brachte es kaum über sich, diese Neuigkeit für sich zu behalten.

8. Kapitel

Zachs Besprechung dauerte nicht so lange, wie er gedacht hatte, und gab ihm die Möglichkeit, sich Zeit für ein paar Weihnachtseinkäufe zu nehmen.

Er verließ sein Büro, das in der Innenstadt von Seattle lag. So kurz vor Weihnachten schien jeder irgendwo hinzumüssen und es eilig zu haben. Als er sich zu Fuß auf den Weg zu Macy's machte, grübelte er darüber nach, was er Laurel zu Weihnachten schenken sollte. Da er auf sein Budget achten musste, dachte er über eine hübsche Handtasche nach, an der sie bestimmt Freude haben würde.

Ihren Herzenswunsch konnte er ihr ohnehin nicht erfüllen.

Er traute sich nicht mal, ihr zu gestehen, dass er heimlich erneut mit ihrer Sozialarbeiterin in der Adoptionsagentur gesprochen hatte. Laurel durfte auf keinen Fall wissen, dass er darum gebeten hatte, ihren Namen wieder auf die Warteliste zu setzen. Nach allem, was sie durchgemacht hatte, war für sie die Geschichte gelaufen. Zu Ende, abgeschlossen. Zwar verstand Zach ihre Angst vor einer neuen Enttäuschung, sah aber nicht ein, weshalb es nötig sein sollte, die Tür ganz zuzuschlagen. Babys wurden schließlich ständig zur Adoption freigegeben, und er fand es falsch, jede Hoffnung aufzugeben. Leider sah Laurel das nicht so.

An jenem Abend, als sie den Weihnachtsbaum gekauft hatten, war er kurz davor gewesen, ihr zu beichten, dass er einen neuen Vorstoß unternommen hatte, doch er war zurückgeschreckt, hatte Angst gehabt, ihnen den Abend zu verderben, indem er ein Thema anschnitt, das so viel Schmerz in ihr Leben gebracht hatte. Irgendwann würde er es ihr sagen, allerdings nicht so kurz vor Weihnachten. Vielleicht im neuen Jahr, wenn er sie ermunterte, zuversichtlich in die Zukunft zu blicken.

In solche Gedanken versunken, streifte er durch das Kaufhaus. Das Erste, was ihm ins Auge stach, war die festliche Dekoration. Und ein großes Schild neben dem Eingang, auf dem stand: GLAUBT, und das ihn daran erinnerte, wie wichtig diese Aufforderung für seine Frau wäre.

Die Säulen waren mit Tannengrün und leuchtender Weihnachtsdeko geschmückt, die die Käufer begrüßte und zum Kaufen aufforderte. Riesige, wunderschön geschmückte Weihnachtsbäume beherrschten den Eingang zu jeder Abteilung und stellten eine besondere Farbe heraus.

Zach bahnte sich einen Weg durch die Käufermengen und fand sich irgendwann in der Damenbekleidungsabteilung wieder. Dort betrachtete er die elegant gekleideten Schaufensterpuppen und verglich sie mit seiner Frau. Zach hatte nie ganz verstanden, wie sich eine so entzückende Frau wie Laurel zu einem Computernerd wie ihm hingezogen fühlen konnte.

Sie hatten sich auf dem College bei einer Party kennengelernt, wo er sich linkisch und fehl am Platz vorgekommen war. Alleine saß er da und hielt sich an einem Bier fest, als sie sich zu ihm setzte. Sie überwand seine Schüchternheit, ergriff die Initiative, stellte sich vor und lockte ihn aus seinem Schneckenhaus. Ihr erstes Date fand in der Bibliothek statt, später fuhren sie mit dem Rad um den Green Lake und unterhielten sich stundenlang. Laurel übernahm den größten Teil des Redens, und das war ihm gerade recht. Ihm gefiel der Klang ihrer Stimme, und er staunte darüber, dass sie sich in seiner Gesellschaft wohlzufühlen schien. Er hatte sich sofort in sie verliebt und vermochte sein Glück kaum zu fassen, dass sie eingewilligt hatte, seine Frau zu werden.

Vor der Schaufensterpuppe, die solche Erinnerungen hervorgerufen hatte, blieb er stehen und fasste einen Entschluss. Trotz des hohen Preises kaufte er das Kleid, das sie trug. Es war perfekt für sie. Einfach perfekt.

Als er weiterschlenderte, gelangte er versehentlich in die Abteilung für Babys und Kleinkinder. Seine Brust zog sich zusammen, und einen Moment lang fiel ihm das Atmen schwer. Jonathan war plötzlich so präsent, dass er es kaum ertragen konnte. Bevor er die Rolltreppe nach unten fand, um den Erinnerungen zu entfliehen, tauchte eine Verkäuferin neben ihm auf.

»Frohe Weihnachten!«, flötete sie fröhlich und verhielt sich, als wäre er der einzige Kunde, den sie an diesem Tag bedienen würde. »Wie kann ich Ihnen helfen?«

Zach wollte nichts wie weg. Dies war schließlich die letzte Abteilung, in der er sich umsehen wollte.

»Wo finde ich Morgenröcke?«, stieß er aus einem verrückten Einfall hervor. »Für meine Großmutter.«

Die Verkäuferin seufzte. »Die gibt es im nächsten Stock. Leider ist die Rolltreppe kaputt, und Sie müssen den Fahrstuhl am anderen Ende dieses Stocks nehmen. Außer, Sie folgen mir ein Stück durchs Treppenhaus.«

»Wie Sie sehen, haben wir einen Superausverkauf. Schauen Sie sich dieses entzückende Outfit an.« Sie hielt ein pinkfarbenes Rüschenkleid hoch. »Ist das nicht das niedlichste Kleid, das Sie je gesehen haben?«

Trotz seines Unbehagens lächelte Zach. Wieso zeigte die Frau ihm ein Kinderkleid?

»Einfach goldig, nicht wahr?«

»Ja, das schon …«

»Das Beste ist das Preisschild«, unterbrach die Frau ihn und zeigte es ihm. »Wer, der einen Funken Verstand hat, könnte bei so einem Angebot Nein sagen?«

»Möglich, bloß haben meine Frau und ich keine Kinder.«

»Dann vielleicht für eine Freundin? Sie sind jung, und ich bin sicher, Sie haben Familienangehörige oder Freunde, die gerade eine Familie gründen.«

Zach wusste nicht, wie er darauf reagieren sollte, und fragte sich, ob die Belegschaft von Macy's gezielt auf Provisionsbasis arbeitete, um den Umsatz zu steigern.

»Zu diesem Preis ist es ein echtes Schnäppchen, Mr. McCullough. Ich meine, wirklich … Dieser Ausverkauf ist ein echter Hammer. Ich arbeite seit einiger Zeit in dieser Abteilung, und ich habe noch nie erlebt, dass Kleidung preislich so stark reduziert wurde.«

»Ja, nun …« Zach hielt fieberhaft nach einem Fluchtweg Ausschau und fand keinen. Dann fiel ihm auf, dass sie seinen Namen genannt hatte. Wie um alles in der Welt konnte sie den kennen?

»Schauen Sie sich dies einmal an.«

Die Verkäuferin hielt ein Westernkostüm in die Höhe. Es war ein Jeansträgerrock mit einem rot karierten Shirt darunter, etwas, das Annie Oakley bei einem Scharfschützenwettbewerb hätte tragen können.

»Wie viel kostet das?«, hörte er sich gegen seinen Willen fragen.

»Genauso viel wie das erste Kleid, das ich Ihnen gezeigt habe.«

»Hübsch«, murmelte er.

»Ich bin sicher, Sie möchten beide haben.«

Wie bitte? Er hatte gar nicht eingewilligt, das erste Kleid zu kaufen. Ihn beschlich das Gefühl, dass der einzige Weg, dieser Abteilung zu entkommen, darin bestand, die Sachen zu erwerben und um sein Leben zu rennen. Gehetzt blickte er sich um und stellte zu seiner Überraschung fest, dass er der einzige Kunde in diesem gesamten Bereich war, während es sonst überall von Menschen wimmelte.

»Soll ich Ihnen die Sachen einpacken?«

»Eigentlich … Äh, nein, danke.«

Die Frau strahlte ihn an, als wäre er ihr Lieblingskunde, führte ihn zur Kasse und plauderte dabei, als wären sie alte Freunde, die sich lange nicht gesehen hatten. Immer wieder hielt sie inne und zeigte auf etwas anderes, das er sicherlich brauchte. Als sie die Kasse erreichten, hatte die Verkäuferin einen Stapel Kleidungsstücke angehäuft, die alle für ein kleines Mädchen bestimmt waren. Sie begann rasch, seine Einkäufe in die Kasse einzutippen, und ignorierte es, ihn überhaupt zu fragen, ob er alles haben wolle. Der Endbetrag war verschwindend gering, belief sich auf nicht mehr als auf einen Lunch in seinem Schnellimbiss.

Bevor er ganz erfasste, was passiert war, hatte er ihr das Geld gegeben, und sie reichte ihm die hübsche rote Tüte, in der sich alles befand.

»Ist das alles für heute, Mr. McCullough? Oh,

schauen Sie, die Rolltreppe funktioniert wieder. Ihr Timing scheint großartig gewesen zu sein.«

Erneut sah es so aus, als würde die Verkäuferin ihn kennen. Dabei konnte er sich nicht daran erinnern, dieser hartnäckigen Person je begegnet zu sein. Über sich selbst frustriert, dankte er ihr rasch und fuhr mit der Rolltreppe nach unten. Ihm war total rätselhaft, was die letzten fünfzehn Minuten passiert war.

Auf dem Bürgersteig vor dem Kaufhaus erhielt Zach eine Textnachricht von Laurel, in der sie ihm mitteilte, dass das Treffen mit den Eltern vorüber und sie auf dem Weg nach Hause sei. Er hatte keine Ahnung, wie er ihr erklären sollte, was er gerade getan hatte. Als er zu Hause ankam, hatte er sich innerlich so hochgeschaukelt, dass sein Magen schmerzte.

»Ich bin da«, verkündete Zach ohne große Begeisterung, als er über die Schwelle trat.

Laurel steckte den Kopf aus der Küche. »Deine Besprechung muss ja länger gedauert haben als erwartet.«

»Die Besprechung war früh zu Ende. Ich habe noch Weihnachtseinkäufe gemacht, bevor ich nach Hause gekommen bin.«

»Und das erfolgreich, wie es aussieht«, sagte sie und deutete auf die rote Tüte. »Wieso dann das düstere Gesicht?«

»Wo ist Nana?«, fragte er in dem Versuch, ihren Fragen auszuweichen.

Laurel folgte ihm ins Wohnzimmer. »Warum siehst du mich nicht an?«

Er zuckte mit den Schultern. Sein Gesicht hatte alles verraten; er konnte die Reue, die er empfand, nicht verbergen. Laurel wusste mit absoluter Sicherheit, dass ihn etwas beschäftigte. Und sie würde nicht einfach darüber hinweggehen, da sie gewaltig Verdacht geschöpft hatte. Ihm blieb nichts anderes übrig, als zu beichten. So war das eben, wenn man in der Falle saß.

»Ich habe etwas wirklich Dummes getan und wollte im Grunde nicht, dass du das erfährst.«

Sie kam zu ihm und nahm seine Hand. Ihre Berührung war sanft, als sie mit von Neugier und Sorge erfüllten Augen zu ihm aufblickte, ohne dass sie wusste, was ihn quälte.

»Hast du unsere Ersparnisse verspielt?«, fragte sie im Scherz.

»Du solltest mich besser kennen.«

»Hast du deinen Job verloren?«

»Nein.«

»Okay. Du hast mir ein teures Weihnachtsgeschenk gekauft und leidest jetzt unter einem schlechten Gewissen«, meinte sie. »Zach, sag mir bitte, dass du das nicht getan hast.«

»Habe ich nicht.«

Er entschied sich, ihr das teure Kleid zu verschweigen, denn das andere war schlimmer, viel schlimmer. Normalerweise drehte er jeden Dollar um, bevor er ihn ausgab. Unmöglich würde er erklären können, was er getan hatte.

»Komm schon. So schlimm kann es wohl nicht sein.«

»Na ja, wie gesagt war meine Besprechung früh zu Ende, und da bin ich quasi in der Baby- und Kleinkindabteilung bei Macy's in eine Falle geraten.«

Die Farbe wich so rasch aus Laurels Gesicht, dass Zach das Bedürfnis empfand, sie bei den Schultern zu fassen und sie festzuhalten.

»Es tut mir leid, so leid.«

»*Was* hast du getan?«, flüsterte sie heiser.

»Ich weiß nicht, wie es passiert ist. Ich schwöre dir, Laurel, die Verkäuferin fing an, mir winzige Sachen zu zeigen, und aus irgendeinem unerklärlichen Grund kam ich nicht dagegen an. Sie erzählte mir immer wieder was von tollen Angeboten und dass die Preise einfach unglaublich seien. Was sogar stimmte. Und ehe ich michs versah, hatte ich einen Haufen Kleider für ein Kleinkind gekauft.«

Laurel schlug ungläubig die Hände vor den Mund, und Tränen traten ihr in die Augen.

»Kannst du mir verzeihen? Ich werde gleich morgen alles zurückbringen.«

Laurel gab sich große Mühe, sich ein kleines Lächeln abzuringen. »Du glaubst immer noch …«

»Nein«, versicherte er ihr hastig. »So war das nicht. Ich schwöre es.«

»Ich bin dir nicht genug, nicht wahr?«

Es brachte ihn fast um, sie diese Worte sagen zu hören.

»Unsinn. Ich liebe dich mehr als mein Leben, das schwöre ich.«

»Du wirst alles zurückgeben?«, fragte sie mit brechender Stimme.

»Ich verspreche es dir. Gleich morgen als Erstes.«

Sie wischte sich eine vereinzelte Träne von der Wange und nahm die Entschuldigung an.

»Schätzungsweise sind wir uns ähnlicher, als mir bewusst war.«

»Wie das?«

»Du kannst einem guten Sonderangebot genau wie ich nicht widerstehen.«

9. Kapitel

Helen wusste, dass etwas nicht stimmte. Sie hörte Laurel und Zach miteinander reden und konnte sogar aus der Entfernung feststellen, dass sie stritten. Am meisten belastete sie, dass es ein Problem gab. Instinktiv wollte sie aus dem Bett steigen und es herausfinden, zog es jedoch vor, sich auf die Bettkante zu setzen und erst mal ihre Möglichkeiten abzuwägen. Immerhin stellte sich die Frage, ob das junge Paar ihre Einmischung überhaupt brauchte und wollte. Sie stand erst auf, als ihre Enkelin vor einer Schale Haferbrei abwesend am Küchentisch saß.

»Morgen, Nana.« Laurel stand rasch von ihrem Stuhl auf. »Setz dich, ich hole dir Tee.«

Der Großmutter entging nicht, wie blass die junge Frau war und wie geistesabwesend sie sich in der Küche bewegte.

»Geht es dir gut?«, fragte sie vorsichtig. »Wir haben Grippesaison, und du bist in der Schule den ganzen Tag mit den Kindern zusammen …«

»Mir fehlt nichts«, wiegelte Laurel ab. »Hier hast du deinen Tee.«

Da sie nicht recht wusste, wie sehr sie ihre Enkelin bedrängen durfte, wartete Helen ein paar Minuten ab, bevor sie sich einmischte.

»Ist zwischen Zach und dir alles in Ordnung?«

»Nana«, protestierte Laurel sofort, »wieso fragst du? Zwischen uns stimmt alles. Ich …«

Ihre Stimme erstarb.

»Ich weiß, ich weiß. Irgendwie habe ich euch wegen irgendetwas streiten hören. Es sei denn, ich habe mich geirrt.«

»Es war eine dumme Sache. Etwas, das er bedauert. Zach bringt es heute wieder in Ordnung.« Sie zögerte, als wollte sie noch mehr sagen, und ließ es dann. »Mrs. Miracle wird jeden Moment hier sein, und ich muss zur Schule.«

Sie trug ihr Geschirr zur Spüle, kippte den Inhalt in den Mülleimer und stellte die Schüssel in die Spülmaschine. Danach küsste sie Helen auf die Wange und war kurz darauf verschwunden.

Traurig und von dem Wunsch erfüllt, mehr helfen zu können, blieb Helen sitzen und trank ihren Tee, fragte sich dabei, was genau Zach angestellt haben mochte. Ein Mann, der niemandem absichtlich wehtat. Erst recht nicht Laurel.

Es dauerte nicht lange, bis die Tür geöffnet wurde und ihr Caring Angel erschien.

»Guten Morgen! Es ist ein neuer Tag!«

Mrs. Miracle rauschte mit einem strahlenden

Lächeln gut gelaunt in die Küche. Sie kam immer mit einem Plan für den Tag. Nachdem sie Helen jeden Morgen eine oder zwei Stunden stricken und schwatzen ließ, machten sie oft einen Ausflug. Einmal waren sie im Seniorenzentrum Bingo spielen gegangen. Ein andermal hatten sie sich warm angezogen, um den Fähren zuzuschauen, die in den Hafen hinein- und herausfuhren, und dabei in einem kleinen hawaiianisch-koreanischen Café einen Imbiss zu sich genommen. Oder sie besuchten einen Weihnachtskunstmarkt in einer örtlichen Kirche. Seit Jahren war sie nicht mehr so aktiv gewesen. Wenn sie sich recht erinnerte, wollten sie heute Wolle kaufen für die Babystiefelchen, die sie heimlich strickte. Mrs Miracle tat alles, um sie bei Laune zu halten, und Helen vergaß nie, aus welcher besonderen Region ihre Begleiterin kam.

»Haben Sie gut geschlafen, Helen?«

»Leider nein. Ich habe mir Sorgen um Laurel und Zach gemacht. Sind Sie meiner Enkelin zufällig begegnet, als Sie hereingekommen sind?«

»Gibt es ein ernstes Problem?«

Helen zögerte. »Ich weiß nicht, was es sein könnte. Manchmal kann ich Laurel und Zach reden hören und lausche einfach. Gestern Abend schienen sie absichtlich ihre Stimmen zu dämpfen, deshalb habe ich nicht mitbekommen, was sie gesagt haben.« Ihr Gesicht verzog sich. »Ich habe es nicht ertragen, sie so aufgewühlt zu sehen, also habe ich gefragt, was los ist. Laurel sagte,

Zach habe eine Dummheit gemacht, die er heute wieder in Ordnung bringt. Weiter ist sie nicht darauf eingegangen. Was immer es war, es hat sie fix und fertig gemacht. Ich kann mir nicht vorstellen, dass Zach bewusst etwas tut, das sie so aus der Fassung bringt.«

Mrs. Miracle griff über den Tisch hinweg nach Helens Hand. »Ich glaube, ich kenne das Problem. Vermutlich hängt es mit dem Einkaufsbummel bei Macy's gestern Abend nach seiner Besprechung zusammen.«

Dass Zach Weihnachtseinkäufe gemacht hatte, war Helen neu. Außerdem verstand sie nicht, was ihn dazu getrieben hatte, mitten in der Vorweihnachtszeit ein belebtes Kaufhaus in der Innenstadt zu betreten.

»Nun«, begann Mrs. Miracle sichtlich zufrieden mit sich, »ich kann nicht sagen, was genau Laurel so aufgeregt hat, jedenfalls glaube ich, dass er gestern Abend eine Freundin von mir getroffen hat.«

»Eine Freundin? Von Ihnen?«

Mrs. Miracles Augen funkelten lebhaft. »Eine sehr gute Freundin.«

»Dürfte ich fragen …«, unternahm Helen einen Vorstoß. »Könnte es einer der himmlischen Freunde sein, die Sie einmal erwähnt haben?«

Das Lächeln der Betreuerin sagte alles.

»Zach hat einen Engel getroffen? Bei Macy's?«, flüsterte Helen. Wenn das so ist, warum hat es Laurel dann aufgeregt, und warum ist Zach entschlossen, es wieder in Ordnung zu bringen?«

»Wenn Gott etwas unternimmt, macht das, was geschieht, oft keinen Sinn. Es wird sich letztendlich alles fügen. Vertrauen Sie mir in diesem Punkt einfach.«

Wenngleich für Helen nichts davon einen Sinn gab, war sie bereit, das zu tun, worum ihre Sternenfreundin sie bat. Zu gegebener Zeit würde ihr alles enthüllt werden, und sie würde alles begreifen. Im Moment musste ihr das reichen.

10. Kapitel

»Ich verstehe nicht.« Zach starrte die junge Verkäuferin an. »Ich habe diese Babysachen selbst gekauft, vor weniger als vierundzwanzig Stunden. Deshalb habe ich den Kassenbon bei mir und möchte die Sachen gerne zurückgeben.«

Aus der Schlange der Kunden hinter ihm konnte er gemurrte Beschwerden hören, die er nach Kräften ignorierte.

Die Frau bedachte ihn mit einem Blick, der Leuten vorbehalten blieb, die die Kulanz des Geschäfts auszunutzen versuchten.

»Das ist nicht möglich«, widersprach sie streng.

»Das ist sehr wohl möglich«, knirschte Zach mit zusammengebissenen Zähnen. Er wollte nicht verstehen, warum es ein Problem sein sollte, die Babykleidung zurückzugeben, die er am Tag zuvor gekauft hatte und die Macy's seit Monaten nicht mehr führte. Ein Theater, das er nicht verstand.

Dennoch konnte er sich ohrfeigen, dass er sich gestern in der Eile, aus dem Laden herauszukommen, nicht die Mühe gemacht hatte, einen Blick auf die

Quittung zu werfen, deren Aufdruck kaum zu lesen war.

Nichts, was die Verkäuferin sagte, ergab einen Sinn. Er legte den Kassenbon in die Tüte zurück und ging widerstrebend davon, um in sein Büro zurückzukehren. Seine Mittagspause war ohnehin zu Ende.

Als er vor seinem Computer saß, öffnete er die Tüte und nahm das oberste Kleidungsstück heraus. Trotz seines Verdrusses über seinen Mangel an Erfolg lächelte er und startete eine Internetsuche. Dabei entdeckte er, dass die Firma neun Monate zuvor von einem größeren Unternehmen aufgekauft worden war und der Markenname nicht mehr existierte. Außerdem war auf der Website von Macy's keine der Sachen mehr erhältlich, einschließlich der anderen Dinge, die er dort gekauft hatte.

Nachdenklich betrachtete er das kleine Kostüm, und das Bild eines kleinen Mädchens schlich sich in seine Gedanken, das glücklich krähte, als Laurel es sanft wiegte. Die Vision war klar und präzise, und die Bilder wollten nicht verschwinden.

Ein Gefühl von Verlust und Leere legte sich über ihn, zog ihn wie schwere Stiefel nach unten und erinnerte ihn daran, wie sehnlich er sich eine Familie wünschte. Sein Herz begann zu klopfen. Konnte es sein, dass es sich um ein Zeichen handelte? Ein gottgegebenes, dass sie ein Kind zugesprochen bekämen? Er wollte es glauben, wollte nicht mehr an all die fehlgeschlagenen Versuche, eine Familie zu gründen, zurückdenken. In diesem Moment brauchte er einfach etwas, das ihm half. Ein Zeichen, das ihm sagte, dass er noch nicht komplett den Bezug zur Realität verloren hatte. Einfach irgendetwas.

Zach hatte noch nie viel gebetet, außer dass er in die Kirche ging. Jetzt hingegen war er bereit, es auf einen Versuch ankommen zu lassen. In der Abgeschiedenheit seiner Bürozelle senkte er den Kopf und betete stumm. »Lieber Gott, ich bins …«

Er kam sich idiotisch dabei vor, den Herrn im Himmel so locker anzureden. Gott war kein Trinkkumpan. Entschlossen begann er noch einmal von vorn.

»Herr, ich bin nicht der Typ für blumige Worte, also werde ich ganz offen sprechen. Du weißt, wie sehr ich Laurel liebe, deswegen bitte ich dich, gib mir ein Zeichen, wenn wir wirklich ein Baby zur Pflege bekommen werden. Du brauchst keine Berge zu versetzen oder den Himmel zu verdunkeln oder etwas in der Art. Ein kleines Zeichen reicht völlig. Ich brauche etwas, um diese Hürde des Unglaubens zu überwinden, etwas Einfaches, das mir hilft. Laurel muss nichts davon wissen. Wenn du es für das Beste hältst, werde ich kein Wort zu ihr sagen, bis die Zeit reif ist. Danke. Danke für Laurel und für Nana und für Mrs. Miracle und für alles, was du für mich getan hast. Verzeih mir meinen mangelnden Glauben. Amen.«

Unmittelbar nach dem Ende seines Gebets schlenderte Joel, ein Kollege, an seinem Schreibtisch vorbei. »Vergiss die Feier an diesem Nachmittag nicht.«

»Ich werde da sein«, erwiderte Zach, der schuldbewusst zusammenzuckte und sich wieder an die Arbeit machte.

Krampfhaft wanderten seine Gedanken zu den Babysachen. Das Beste, was ihm einfiel, war, sie zu verstecken, bis der Zeitpunkt ihm richtig vorkam. Er blickte auf die rote Tüte zu seinen Füßen hinunter, als das Telefon auf seinem Schreibtisch klingelte und ihn in die Realität zurückkatapultierte.

»Hallo, Zach. Hier ist Mary Swindoll.«

Es war die Sozialarbeiterin von der Adoptionsagentur. Das Zeichen, um das er gebeten hatte. Gott hatte sein Gebet erhört, und er würde hoffentlich gleich erfahren, dass ihre Familie um ein Baby bereichert würde.

Sein Puls hämmerte so hart und schnell, dass das Geräusch in seinen Ohren widerhallte.

»Ja?«

»Ich hoffe, es geht in Ordnung, dass ich Sie auf der Arbeit anrufe. Sie sagten, dass Laurel in der Schule keine Anrufe entgegennehmen kann, daher hielt ich es für das Beste, mich bei Ihnen zu melden.«

»Haben Sie ein Baby für uns?«, platzte er heraus.

Eine kurze, betretene Stille trat ein. »Nein, Zach, es tut mir leid. Ich rufe aus einem anderen Grund an.«

Mit einem Mal kam es ihm vor, als würde er in ein

dunkles Loch starren. Er biss die Zähne zusammen und schloss die Augen. Wenn er gegen diese Gefühle nicht ankämpfte, würde er ein Opfer abgrundtiefer Verzweiflung werden.

»Wie kann ich Ihnen helfen?« Seine Stimme klang tonlos, ohne jegliche Regung.

Mary sprach ein paar Minuten über die Website der Agentur und erkundigte sich, ob Zach und Laurel bereit seien, sich interviewen und fotografieren zu lassen.

»Wir glauben, dass das ein realistisches Bild des Adoptionsvorgangs zeigen wird, mit echten Gesichtern und echten Geschichten. Sie und Laurel hatten Ihre Höhen und Tiefen, und ich denke, Sie beide wären perfekt geeignet, über Ihre Erfahrungen zu sprechen. Wären Sie bereit, an dem Projekt mitzuwirken? Es würde eine große Hilfe für Paare sein, die ganz am Anfang stehen.«

»Äh.« Zach schwirrte der Kopf. Ihre Sozialarbeiterin wusste nicht, dass er Laurel nichts von der Erneuerung ihres Antrags gesagt hatte. »Ich glaube nicht, dass das etwas für uns wäre.«

»Es würde anderen Paaren viel bedeuten.«

»Ich weiß …«

»In Ordnung«, warf Mary ein. »Besprechen Sie es mit Laurel.«

»Okay, trotzdem denke ich nicht, dass wir uns daran beteiligen wollen.«

»Ich verstehe«, wiederholte sie unbeirrt. »Wirklich.

Jedenfalls sind Sie das optimale Paar. Ich bitte Sie lediglich darum, dass Sie und Laurel darüber sprechen und sich wieder mit mir in Verbindung setzen. Es wäre für mich eine große Freude, von Ihnen beiden zu hören.«

»Einen Moment noch«, hielt er sie auf. »Dürfte ich Sie etwas fragen?«

»Natürlich.«

»Ich weiß nicht, ob Sie mir die Frage beantworten können, und es kommt mir irgendwie albern vor, mich so auf diesen Punkt zu versteifen, doch es wäre sehr wichtig für uns, wenn Sie uns ungefähr sagen könnten, wie lange es mit einer Adoption noch dauern kann. Glauben Sie wirklich, es besteht eine geringe Chance, dass uns in der nächsten Zeit ein Kind zugesprochen wird?«

Schweigen trat ein, als er auf Marys Antwort wartete.

»Ich weiß von einer Highschoolschülerin, die sich zu einer offenen Adoption entschlossen hat. Sie ist vor ein paar Tagen mit ihren Eltern in die Agentur gekommen. Ich habe zwar nicht mit der zuständigen Sozialarbeiterin gesprochen, aber gehört, dass es eine schwierige Entscheidung für alle ist, zumal das Kind jeden Tag kommen kann. Ein Weihnachtsbaby. Ein größeres Geschenk gibt es gar nicht, nicht wahr?«

»Nein«, stimmte Zach zu. Ohne es gesehen zu haben und ohne es zu kennen, wünschte er sich dieses

Kind und dachte an die Tüte mit den Kleidungsstücken unter seinem Schreibtisch.

»Wissen Sie zufällig, ob es ein Junge oder ein Mädchen wird?«

»Soweit ich weiß, ist es ein Mädchen.«

»Besteht irgendeine Möglichkeit …« Die Frage brach ab, und der Rest blieb ungesagt. Mary wusste, worauf er hinauswollte.

»Es tut mir leid, Zach.« Ihre Stimme war von Bedauern erfüllt. »Nach dem, was ich gehört habe, hat die leibliche Mutter inzwischen eine Familie ausgesucht.«

So rasch, wie die Hoffnung in seinem Herzen aufgeflammt war, erlosch sie wieder.

»Ich weiß, wie schwierig und langwierig sich dieser Prozess manchmal gestalten kann«, sagte Mary mitfühlend. »Alles, wozu ich raten kann, ist Geduld.«

Er holte tief Luft, war entschlossen, stark zu bleiben. »Danke, Mary«, erwiderte er, und nachdem sie ehrlich gemeinte Weihnachtswünsche ausgetauscht hatten, beendete er das Gespräch und versuchte, gegen seinen sinkenden Mut zu kämpfen. Wie Mary sagte, war alles, was sie brauchten, Geduld.

»Hey, Zach, es wird Zeit.« Joel klopfte gegen die Rückenlehne seines Stuhls.

»Zeit?«

»Die Weihnachtsfeier.«

»Ach ja.« Er fuhr den Computer für den Tag herunter, zog den in Geschenkpapier verpackten Karton hervor, den er von zu Hause mitgebracht hatte, und ging zu seinen Kollegen in den Konferenzraum.

Die Belegschaft schlenderte herum und probierte von den Desserts und dem Fingerfood, die ein Cateringservice geliefert hatte. Zach verzichtete auf die Süßigkeiten und die mit Zuckerguss verzierten Plätzchen und nahm sich stattdessen von den dreieckig geschnittenen Sandwiches.

Die Verteilung der Geschenke verlief nach Nummern. Von den fünfundzwanzig anwesenden Mitarbeitern zog Zach die Sechzehn. Einige der Präsente waren kunstvoll verpackt, andere steckten in Weihnachtstüten, und die von den meisten Singlemännern mitgebrachten Geschenke waren in braune Lebensmitteltüten gewickelt. Alle stapelten sich in der Mitte des Konferenztischs. Zach erhielt ein schlichtes, kleines rechteckiges Päckchen.

Als er es öffnete, stutzte er und blickte auf, weil er zu seiner Überraschung eine Zigarrenkiste vorfand.

»Was ist darin?«, rief jemand.

Ohne zu wissen, was ihn erwartete, öffnete er sie und schnappte nach Luft. Darin lagen Reihen von Zigarren mit vorgedruckten rosafarbenen Etiketten. Jedes verkündete in Großbuchstaben: ES IST EIN MÄDCHEN. Seine Hand erstarrte, seine Kehle schnürte sich zu, und er stellte fest, dass er nicht sprechen konnte. Das war sie. Die Antwort auf sein Gebet. Er hatte Gott um ein Zeichen gebeten und eines geschickt bekommen.

»Meine Frau hat einen Sohn zur Welt gebracht«, erklärte Joel Perkins in dem Versuch, das betretene Schweigen zu überspielen. »Wir wollten das Geschlecht des Babys nicht vorher wissen, und um vorbereitet zu sein, habe ich Zigarrenkisten für einen Jungen und ein Mädchen bestellt.«

Auf dem Heimweg entschied Zach, Laurel nicht zu erzählen, dass er die Babysachen nicht zurückgegeben hatte, und ihr nicht zu beichten, was er bei der Weihnachtsfeier erhalten hatte, sondern beides zu verstecken. In Jonathans ehemaligem Zimmer, das Laurel niemals betrat.

Von der Bushaltestelle rannte er die zwei Blocks bis zum Haus förmlich. Das Garagentor war geschlossen, sodass er nicht sehen konnte, ob ihr Auto da war. Er stürmte die Verandastufen hoch und fand Helen strickend mit einem Knäuel rosafarbener Wolle in ihrem Lieblingssessel vor.

»Ist Laurel zu Hause?«, erkundigte er sich atemlos.

»Noch nicht. Mein Gott, Zach, wo brennt es denn?«

»Das erkläre ich dir gleich.«

Er stürzte in das Kinderzimmer und verstaute die Kleidungsstücke und die Zigarren in der untersten Schublade der Kommode. Zuversichtlich, dass sein Geheimnis hier sicher war, verließ er den Raum.

Er stieß einen tiefen Seufzer der Erleichterung aus und betete, dass er das Problem gelöst hatte, ohne dass Laurel, die inzwischen ebenfalls heimgekommen war, je etwas davon erfuhr.

»Was hatte *das* denn zu bedeuten?«, fragte sie, als sie ihn begrüßte.

»Das ist eine lange Geschichte.«

»Bestimmt hast du ein besonderes Geburtstagsgeschenk für Laurel gekauft und wolltest es verstecken, bevor sie nach Hause kommt«, meldete sich die Großmutter zu Wort.

»Und wie ist der Geschenkeaustausch heute Nachmittag gelaufen?«, fragte Mrs. Miracle und zupfte beiläufig an ihrem Wollstrang, während sie auf seine Antwort wartete.

»Ganz gut«, erwiderte er so unbestimmt wie möglich.

»Ach ja«, meinte Helen. »Laurel erzählte von einem komischen Tupfenpullover, den du letztes Weihnachten bekommen hast. Was für ein verrücktes Geschenk hast du diesmal erwischt?«

Da er dieser direkten Frage schwer ausweichen konnte, griff er auf eine verallgemeinernde Antwort zurück. »Etwas Albernes, wie immer.«

»Und zugleich etwas Nützliches«, fügte Mrs. Miracle hinzu, die über irgendwelche Insiderinformationen zu verfügen schien. »Etwas, das Sie gut gebrauchen können, und zwar bald.«

»Möglich«, entgegnete Zach mit verwirrter Miene. Die Weihnachtsfee ließ es so klingen, als wüsste sie genau, was er an diesem Nachmittag im Büro ausgepackt hatte.

Mrs. Miracle legte ihr Strickzeug weg. Ihr Gesichtsausdruck wurde ernst. »Ist Ihnen eigentlich klar, dass Gott Ihre Gebete erhört?«

Zach starrte sie erstaunt an. Wollte sie andeuten, dass sie alles über sein Gebet an diesem Nachmittag wusste? Die Frau schien viel mehr zu wissen, als sie sollte. Irgendetwas stimmte da nicht. Der junge Mann beschloss, dass es an der Zeit war, ihren Hintergrund zu überprüfen und herauszufinden, wer genau diese Frau war.

11. Kapitel

Als Laurel erwachte, war Zach schon unten in der Küche und bereitete ihren Morgenkaffee zu. Sie stieg aus dem Bett, duschte rasch, zog sich an und ging dann in die Küche hinunter.

»Ich muss früh in die Schule«, erinnerte sie ihn.

Da die Schulfeier in wenigen Tagen stattfand, gab es noch einiges, worum sie sich kümmern musste, zumal sie freiwillig die Leitung des ganzen Programms übernommen hatte.

»Hat die Veranstaltung allmählich Gestalt angenommen?«

Laurel trank den ersten belebenden Schluck Kaffee. »So gut, wie es zu erwarten war.«

»Übrigens werde ich kommen, weil ich frei bekommen habe.«

»Wirklich?« Für ihn war es eine große Sache, zu dieser Jahreszeit um einen freien Tag zu bitten.

»Ich freue mich ja so.«

»Ich hasse es, dir noch mehr aufzubürden, Laurel, aber du musst etwas für mich tun.« Seine Stirn legte sich in tiefe Falten. »Es ist ungeheuer wichtig für mich.«

»Was ist es denn?«

Zach legte seinen Bagel weg und starrte darauf, als würden die Mohnkörner ihm Einblicke und Weisheit gewähren.

»Dieser erste Pflegedienst, den du angerufen hast, um eine Betreuung für deine Großmutter zu arrangieren …«

»Ja, die Caring Angels. Was ist mit ihnen?«

»Würdest du dich noch einmal mit der Agentur in Verbindung setzen und dich nach Mrs. Miracles Referenzen erkundigen? Mir kommt es so vor, als stimmte etwas nicht mit ihr.«

»Du magst Mrs. Miracle nicht?«

»Helen erzählte mir, eigentlich heiße sie Merkle. Achte darauf, ihnen diesen Namen zu nennen.«

»Mach ich. Und warum? Was verschweigst du mir? Ist gestern Abend etwas passiert, wovon ich nichts weiß? Hast du dich deshalb so seltsam benommen?«

»Nun, erstens einmal behauptet sie, sie sei ein Engel, was sonderbar ist. Und außerdem war die Frau die Antwort auf meine Gebete, denn seit sie gekommen ist, hat sich so vieles positiv verändert. Trotzdem möchte ich mehr von ihrem Hintergrund erfahren, damit ich Wahrheit und Fantasie auseinanderhalten kann. Ich habe einfach ein unbehagliches Gefühl. Wir haben ihre Geschichte nie überprüft oder sie nach ihren früheren Arbeitsstellen gefragt. Von diesem ganzen Quatsch, dass sie ein Engel sein soll, ganz zu schweigen.«

»Denk dran, du warst derjenige, der mir gesagt hat, wenn Nana glauben will, dass ihre Betreuerin ein Engel ist, dann sollten wir sie lassen.«

»Sicher, ich erinnere mich.«

»Ich verstehe deine Bedenken immer noch nicht. Was verschweigst du mir?« Sie tat ihr Bestes, um ruhig und vernünftig zu bleiben. »Du musst zugeben, dass Mrs. Miracle genau das war, was Nana brauchte.«

Zach hob seufzend die Schultern und wandte sich von ihr ab. Irgendetwas Merkwürdiges ging hier vor, er verbarg etwas vor ihr, als würde er ein Geheimnis hüten. Ohne die Hintergründe zu kennen, spürte sie, dass etwas mit ihrem Mann nicht stimmte.

Er drehte sich zu ihr um. »Ich verstehe, dass du Mrs. Miracle magst. Mir geht es genauso. Allerdings scheint sie Dinge zu wissen, die sie nicht wissen sollte.«

»Und die wären?«

»Bitte, Laurel, ruf einfach an. Wenn du es nicht kannst, werde ich es selbst tun. Da du jedoch als Erste mit dem Dienst gesprochen hast, wäre es mir lieber, wenn du das übernehmen würdest.«

Sie nickte, und er verließ das Haus.

Laurel griff nach dem halben Bagel, den er zurückgelassen hatte. Während sie kaute, dachte sie über seine Bitte nach. Was er sagte, traf zu. Die Betreuerin schien weit mehr über ihre Lebensumstände zu wissen als das, was Nana ihr anvertraut haben mochte.

Überdies fand sie es sonderbar, wie viele Überstunden Mrs. Miracle geleistet hatte, ohne darauf zu bestehen, dass sie dafür bezahlt wurde. So langsam fielen Laurel weitere eigenartige Dinge auf. Ihr unerwartetes Auftauchen an jenem ersten Abend ohne vorherigen Anruf von dem Pflegedienst. Der extravagant geschmückte Weihnachtsbaum. Und der verloren gegangene Christbaumschmuck früherer Jahre, der auf wundersame Weise aus dem Nichts aufgetaucht war und wieder an dem Baum hing.

Einzelheiten begannen sich in ihrem Kopf zusammenzusetzen. Fragen, auf die es keine logischen Antworten gab. Ungewöhnliche Vorkommnisse, die unmöglich schienen.

Zach hatte recht. Es gab einen guten Grund für Laurel, sich mit dem Pflegedienst in Verbindung zu setzen und so viel wie möglich über die Betreuerin ihrer Großmutter in Erfahrung zu bringen.

12. Kapitel

Helen blieb an diesem Morgen im Bett. Es war warm und gemütlich unter den Decken, und aus irgendeinem Grund verspürte die alte Dame wenig Lust, aufzustehen und sich anzuziehen. Nicht einmal, als Mrs. Miracle ihr zurief, dass es fast zehn Uhr sei.

»Wie haben Sie geschlafen, meine Liebe?«, fragte sie, als sie das Zimmer betrat und sich mit besorgter Miene auf der Kante des Bettes niederließ.

»Tief und fest«, gab Nana zu, reckte die Arme über den Kopf und gähnte. »Ich bin einfach ein bisschen faul und müde.«

»Dann ruhen Sie sich aus. Ich habe Sie in den letzten paar Tagen ziemlich auf Trab gehalten.«

»Die frische Luft hat mir gutgetan«, erwiderte Helen. »Und ich habe mich gefreut, nach so langer Zeit alte Freunde zu treffen. Durch Sie hat sich meine Welt wieder erweitert, und das ist schön.« Die Seniorin schlug sich an die Stirn. »Ist heute nicht Laurels großer Tag in der Schule? Ich muss aufstehen und mich fertigmachen.«

»Erst morgen, meine Liebe.«

»Gut. Das darf ich auf keinen Fall verpassen. Laurel würde mir das nie verzeihen und ich mir selbst auch nicht.«

Laurel hatte kaum von etwas anderem gesprochen als von dieser Weihnachtsfeier, an der die ganze Grundschule beteiligt war. Jede Klasse trug etwas dazu bei, entweder einen Sketch, ein Musikstück oder einen Vortrag des Chors. Es sollte ein Fest für alle werden.

Helen zog sich fertig an. Sie fühlte sich mit einem Mal energiegeladen. Dieses Jahr hatte sie mehr für das Fest vorbereitet als seit Jahren, und das hatte sie alles ihrer Engelsfreundin zu verdanken.

Besonders der Weihnachtsbaum war eine seltsame Sache gewesen. Sie hatte ihn gemeinsam mit Mrs. Miracle schmücken wollen, war aber rasch müde geworden und hatte beschlossen, sich in ihrem Sessel auszuruhen. Sie hatte kurz die Augen geschlossen, und als sie wieder aufblickte, war der gesamte Baum fix und fertig. Innerhalb weniger Minuten. Sie entschied, dass es sich um einen Trick handeln musste, irgendeine Art Engelstrick. Wäre es nicht direkt vor ihrer Nase passiert, hätte sie bezweifelt, dass so etwas möglich war.

Mrs. Miracle setzte sich Helen gegenüber. »Ich habe heute an etwas Komisches gedacht. Laurel wird den Pflegedienst anrufen, um meine Referenzen und meinen beruflichen Werdegang zu überprüfen.«

»Sie tut *was*?« Helen verstand nicht, was ihre Betreuerin da andeutete. »Warum?«

»Zach und Laurel hegen wegen mir Bedenken.«

»Bedenken weswegen?«

Die Pensionärin selbst hatte überhaupt keinen Grund, sich zu beklagen. Im Gegenteil, sie war für Mrs. Miracles Anwesenheit ewig dankbar und betrachtete sie mittlerweile als enge Freundin. Es missfiel ihr, dass die beiden jungen Leute in dieser Angelegenheit hinter ihrem Rücken handelten.

Als würde sie ihre Gedanken lesen, hob Mrs. Miracle eine Hand. »Machen Sie sich keine Sorgen. Ich fürchte, ich habe mir das selbst zuzuschreiben.«

»Sie? Was könnten Sie getan haben, um ihnen einen Grund zu liefern?«

»Ich habe Zach gegenüber etwas erwähnt, das ich besser für mich behalten hätte. Dieser junge Mann ist schnell von Begriff. Keine Angst, meine Liebe, es besteht kein Grund zur Sorge. Die Sache wird geregelt werden.«

»Haben Sie sich verplappert und ihnen von dem Baby erzählt?«

»Nein, nicht direkt. Es war etwas, das ich angedeutet habe und das Zach stutzig gemacht hat. Ich fürchte, ab und zu ist meine Zunge schneller als mein Gehirn.«

»Wirklich?«

»Ja, ja, ich bin ein Engel, doch wenn ich lange mit Menschen zu tun habe, scheine ich ein paar schlechtere Charakterzüge anzunehmen. Mehr zu sagen, als ich sollte, ist einer davon.«

»Was ist Ihnen denn herausgerutscht?«

»Nun ja, zuerst einmal«, erwiderte Mrs. Miracle nachdenklich, »hätte ich Ihnen nie von Shirley, Goodness und Mercy erzählen dürfen. Manchmal, und es ist mir peinlich, das zuzugeben, vergesse ich, dass ich ein Engel bin. Ich weiß, das klingt lächerlich, bloß fürchte ich, es stimmt. Und manchmal überschreite ich meine Grenzen. Das ist es, was mir mit Zach passiert ist.«

»Sie überschreiten Ihre Grenzen? Inwiefern?«

»Ich wusste, dass Sie mich das fragen würden.« Mrs. Miracle wirkte zerknirscht. Sie strich die Serviette auf ihrem Schoß glatt und vermied den Blickkontakt mit Helen. »Es rührt alles von dem her, was früher in der Woche passiert ist. Ich befürchte, ich habe etwas zu dick aufgetragen«, räumte sie ein, ohne dass Helen etwas verstand. »Ich habe mit Mercys Hilfe dafür gesorgt, dass Zach Babysachen kauft. Dann erfuhr ich von Mercy, er habe Gott um ein Zeichen gebeten, dass er das Richtige tut, also haben wir beide uns verschworen, auf sein Gebet zu reagieren. Und so kam es, dass er eine Kiste rosa verpackter Zigarren mit der Aufschrift ES IST EIN MÄDCHEN bei der Feier erhielt. Wenn ich so darauf zurückblicke, *war* es ein bisschen übertrieben.« Sie hielt inne und kicherte. »Mercy war mit Begeisterung dabei. Ich dachte, es sei die perfekte Antwort auf seine Zweifel.«

»Die Zigarrenkiste war eine nette Idee«, fand Helen.

»Möglich, nur war es ein Fehler, ihm gegenüber anzudeuten, dass sein Geschenk ihm in naher Zukunft sehr nützlich sein könnte. Das hat sein Misstrauen geweckt, und deshalb hat er Laurel gebeten, sich mit dem Pflegedienst in Verbindung zu setzen.«

»Wird Laurel etwas herausfinden, das Ihnen nicht lieb ist?«, fragte Helen und rieb nervös die Hände gegeneinander.

»Tja, vielleicht. Die Agentur, die mich geschickt hat, ist nicht genau dieselbe, an die sich Ihre Enkelin anfangs gewandt hat.«

»Gibt es denn irgendeine Möglichkeit, den Anruf an die zuständige Stelle umzuleiten?«

»Wo ein Wille ist, ist ebenfalls ein Weg, vor allem, wenn man ein Engel ist. Meine Freundin Shirley aus den Shirley-, Goodness- und Mercy-Geschichten, die ich erzählt habe, hat sich um die Angelegenheit gekümmert. Sie springt als Empfangsdame ein und wird Laurels Fragen so beantworten, dass ihre Bedenken ausgeräumt werden.«

»Werde ich eines Tages die Gelegenheit bekommen, Ihre Engelsfreunde kennenzulernen? Sie haben mir so viel von ihnen erzählt.«

»Alles zu seiner Zeit, alles zu seiner Zeit.«

»Und ich werde meine Urenkelin noch in den Armen halten können?«

»O ja, und sie wird Sie lieben, so sehr, wie Laurel es tut.«

Helen strahlte. Dass sie die Möglichkeit haben würde, das Glück auf Laurels Gesicht zu sehen, wenn sie ihre Tochter in den Armen hielt, übertraf bei Weitem alles, wofür sie gebetet hatte.

Laurel wartete bis zur Lunchzeit, bevor sie bei Caring Angels anrief. Sie schloss die Tür ihres Klassenzimmers, um nicht gestört zu werden, und zog die Visitenkarte mit der Telefonnummer des Pflegedienstes hervor, die Mrs. Miracle ihr gegeben hatte.

»Caring Angels«, meldete sich die Empfangsdame in einem professionellen, freundlichen Ton. »Hier spricht Shirley. Wie kann ich Ihnen helfen?«

»Shirley«, wiederholte Laurel, die sich fragte, wie sie dieses unangenehme Gespräch am besten einleiten sollte. »Hier ist Laurel McCullough. Ich kann mich nicht erinnern, mit Ihnen gesprochen zu haben, als ich erstmals bei Ihnen angerufen habe. Ich glaube, es war eine Elise Jones am Telefon, wenn ich mich nicht irre. Hat sie Zeit, mir ein paar Fragen zu beantworten?«

Die Empfangsdame zögerte nicht, sondern erwiderte in demselben hilfsbereiten Ton: »Miss Jones steht gerade nicht zur Verfügung, aber Ihr Name ist mir bekannt, Mrs. McCullough.«

»Oh, ich hatte gehofft, mit Miss Jones sprechen zu können«, wandte Laurel betreten ein.

»Wenngleich ich bei Caring Angels noch relativ neu bin, kann ich sicher alle Ihre Fragen beantworten«, entgegnete die Frau zuversichtlich. »Ich habe alle Informationen zur Hand.«

Als Laurel den Grund für ihren Anruf zu erklären begann, wurde sie gleich unterbrochen.

»Ich glaube, es war Mrs. Merkle, die wir Ihrer Großmutter zugeteilt haben. Der Name lautet Helen Fischer, richtig? Ja, ich sehe, dass wir ihr tatsächlich Mrs. Merkle geschickt haben. Sie war gerade verfügbar, und wir haben sie sofort eingesetzt. Gibt es ein Problem?«

»Nein. Das würde ich nicht sagen.«

»Bedenken vielleicht?«

»Etwas in der Art.« Laurel war sich nicht sicher, wo sie anfangen sollte. »Meine Nana glaubt, Mrs. Miracle, wie wir sie nennen sollen, ist, nun ja, ein Engel.«

Shirley stieß einen leisen Seufzer aus. »Das hören wir oft, Mrs. McCullough. Viele unserer älteren Patienten haben das Gefühl, die Angestellten unseres Pflegedienstes seien irdische Engel, da wir uns alle Mühe geben, sie bestmöglich zu betreuen.«

»Ich spreche nicht von einem menschlichen Engel, also jemandem, der freundlich und fürsorglich ist«, erklärte Laurel hastig. »Meine Großmutter hält Mrs. Merkle für einen *richtigen* Engel. Einen von Gott gesandten himmlischen Engel.«

Eine kurze Pause trat ein. »Ich verstehe. Ja, nun, es gibt Zeiten, wo beides leicht verwechselt werden kann, insbesondere wenn jemand in Hinblick auf sein Gedächtnis und das Realitätsbewusstsein abbaut.«

Laurel kam zu dem Schluss, dass sie direkter vorgehen musste. »Hätten Sie bezüglich Mrs. Merkle überhaupt irgendwelche Hintergrundinformationen? Ich muss leider gestehen, dass wir so erleichtert waren, als sie an diesem Abend vor unserer Tür stand, dass wir ganz einfach vergessen haben, ihre Referenzen zu prüfen.«

»Natürlich. Lassen Sie mich schnell ihre Personalakte aufrufen.«

Laurel hörte das Klicken der Computertastatur, woraufhin ein paar Sekunden lang Stille herrschte.

»Gut, ich habe alles hier. Fragen Sie mich, was Sie wissen wollen.«

»Wie lange arbeitet Mrs. Merkle bereits für Sie?«, begann Laurel.

»Wie es aussieht«, sagte Shirley seufzend, »ist Mrs. Merkle relativ neu bei uns, wobei sie mit ausgezeichneten Zeugnissen und Empfehlungen anderer Pflegedienste zu uns gekommen ist.«

»Und wo war sie beschäftigt, bevor sie bei den Caring Angels angefangen hat?«

»Dazu muss ich ihren beruflichen Werdegang scrollen, geben Sie mir eine Minute. Ich bin mit diesem Computer noch nicht so vertraut, wie ich es sein sollte. Verglichen mit dem, womit wir im …« Sie stolperte über die Worte. »Nun, mit dem, woran wir an meiner letzten Arbeitsstelle gewöhnt waren. Hier sind die Geräte recht veraltet.«

Obwohl Laurel es eigenartig fand, dass der Pflegedienst veraltete Systeme nutzte, verkniff sie sich eine diesbezügliche Bemerkung.

»So, hier ist es. Vor ihrer Tätigkeit bei Ihnen war Mrs. Merkle als Kindermädchen angestellt. Bei einem alleinerziehenden Vater. Er hat sie glühend weiterempfohlen.«

»Sie war also Kindermädchen«, wiederholte Laurel. »Das ergibt einen Sinn, da Mrs. Merkle eine ausgesprochen mütterliche, fürsorgliche Frau ist.«

»Ich sehe hier, dass sie auch einige Zeit als Betreuerin arbeitete. Ihre Akte besagt, dass sie viel Erfahrung im Umgang mit älteren Menschen hat. Wenn es ein Problem gibt, lassen Sie uns das bitte wissen, weil es uns wichtig ist, bei unseren Dienstleistungen die Erwartungen unserer Kunden zu erfüllen beziehungsweise zu übertreffen.«

»Es ist ein bisschen schwer, mein Problem zu erklären. Sie scheint Dinge zu wissen, die sie nicht wissen kann. Dinge über meine Großmutter, meinen Mann und mich. Es ist alles sehr … Nun, ich würde es als *unheimlich* bezeichnen.«

»Sie weiß bestimmte Dinge?«, wiederholte Shirley nachdenklich. »Meinen Sie, irgendwelche dieser Informationen könnten in Wahrheit von Ihrer Großmutter stammen? Sie wissen, wie es mit älteren Leuten ist. Sie filtern die Familienangelegenheiten, von denen sie erzählen, oft nicht.«

Das war etwas, das man in Betracht ziehen musste, wenngleich es nicht erklärte, was mit dem Weihnachtsbaum passiert war oder wieso der verschollen oder entsorgt geglaubte Baumschmuck auf so ungewöhnliche Weise wieder aufgetaucht war.

»Ich glaube nicht …«

Shirley, die in Mrs. Merkles Akte blätterte, schnitt ihr das Wort ab. »Nun, *das* ist interessant.«

»Was denn?« Laurel richtete sich kerzengerade auf und presste das Telefon an ihr Ohr.

»Diese spezielle Empfehlung. Sie kommt direkt von einer bekannten Persönlichkeit.« Shirley dämpfte die Stimme. »Er ist Schauspieler und konnte gar nicht genug Gutes über sie sagen. Wie oft nimmt sich jemand dieses Kalibers die Zeit, ein Empfehlungsschreiben zu verfassen? Nun, das muss ja etwas aussagen«, fuhr sie fort. »Und die fantastischen Dinge, die er über sie geschrieben hat! Lieber Himmel, man könnte denken, sie hätte irgendetwas ganz Besonderes getan, um einen solchen Brief zu verdienen.«

»Ihr Lob sprengt alles, was man sich vorstellen kann«, scherzte Laurel.

Die Empfangsdame lachte. »Ja, das könnte man so sagen. Haben Sie sonst noch irgendwelche Fragen, Mrs. McCullough?«

»Steht irgendetwas in den Akten, dass frühere Kunden ungewöhnliches Benehmen oder einzigartige Fähigkeiten erwähnten, die sie vielleicht hatte?«

Die Computertasten klickten. »Alles, was hier aufgelistet ist, besagt, dass sie genau die Art von Person ist, die wir einzustellen gehofft haben. Was ihre Schutzbefohlenen angeht, übertrifft Mrs. Miracle in der Tat sämtliche Erwartungen. Beruhigt Sie das, oder gibt es noch etwas?«

»Nein, nicht wirklich. Ich schätze, das beantwortet alle meine Fragen«, erwiderte Laurel leicht beruhigt, selbst wenn sie nicht wusste, wie es möglich war, dass diese Pflegerin in jeder Hinsicht so perfekt zu sein schien.

»In ihren Akten findet sich absolut nichts, was Ihnen Grund zur Sorge geben könnte. Wie es aussieht, ist Ihre Großmutter in besten Händen.«

»Sie haben recht«, räumte Laurel ein. »Danke, dass Sie mir Ihre Zeit geopfert haben, Shirley. Es tut mir leid, wenn ich Ihnen Mühe gemacht habe.«

»Ganz und gar nicht. Es freut mich, dass ich Ihre Fragen beantworten konnte. Rufen Sie uns jederzeit an. Wir sind dazu da, Ihnen zu helfen.«

Laurel beendete das Gespräch. Eigentlich sollten ihre Zweifel zerstreut sein. Sie hatte Antworten auf ihre Fragen erhalten. Oder etwa nicht?

13. Kapitel

Gerade als Laurel an diesem Tag mit der Arbeit Schluss machte und den halben Weg über den Schulparkplatz zu ihrem Auto zurückgelegt hatte, summte ihr Telefon. Sie kramte es ganz unten aus ihrer Tasche hervor und sah zu ihrer Überraschung den Namen der Adoptionsagentur.

»Hallo«, meldete sie sich zögernd und schloss die Hand fest um das Telefon.

»Hallo, Laurel«, antwortete Mary Swindoll vergnügt. »Frohe Weihnachten.«

»Wünsche ich Ihnen auch.«

Laurel hatte keine Ahnung, warum Mary sie aus heiterem Himmel anrief, und sie hatte es eilig, nach Hause zu kommen.

Die Angestellte der Agentur verlor keine Zeit, sondern kam sofort auf den Grund ihres Anrufs zu sprechen. »Hatte Zach zwischenzeitlich die Gelegenheit, mit Ihnen über unser Websiteprojekt zu sprechen?«

Laurel beschloss, das Spiel mitzuspielen. »Leider nein. Wir hatten beide so viel um die Ohren.«

»Das verstehe ich vollkommen. Ich hatte mich an

Zach gewandt, weil ich dachte, Sie beide seien das perfekte Paar für unsere neue Website, vor allem, da Sie Ihren Adoptionsantrag erneuert haben.«

Die Luft stockte in Laurels Brust, und für ein paar Sekunden verschlug es ihr den Atem, während Mary fortfuhr, weiter über das neue Design der Website zu plaudern. Ein oder zwei Worte sickerten in ihr Bewusstsein ein, der Rest war bittere Enttäuschung, dass Zach hinter ihrem Rücken gehandelt hatte.

»Ich kann verstehen, wie schwer Ihnen das nach Ihrer letzten Enttäuschung gefallen ist. Einen neuen Antrag zu stellen war sicher keine einfache Entscheidung, und ich beglückwünsche Sie zu Ihrem Mut.«

»Ja«, gelang es Laurel zu krächzen. Sie klang eher wie eine rostige Türangel und nicht wie ein menschliches Wesen.

»Wie wäre es, wenn ich mich nach Jahresanfang noch einmal bei Ihnen melde?«, schlug Mary vor. »Das sollte Ihnen und Zach Zeit geben zu entscheiden, ob Sie an diesem Projekt teilnehmen wollen. Wäre Ihnen das recht?«

»Okay«, stieß Laurel nach einigen Sekunden hervor und legte dann, ohne sich zu verabschieden, auf. Das war es also, das große, dunkle Geheimnis, das ihr Mann vor ihr gehütet hatte. Im Gegensatz zu ihr hatte Zach nie akzeptiert, dass es für sie kein Kind geben würde.

Zach hatte sie glattweg angelogen, und dieser Betrug

versetzte ihr einen schärferen Stich als ein Messer und drang tiefer in sie ein als jedes Schwert.

»Laurel«, rief Britta Jackson ihr zu, als sie über den Parkplatz auf Laurel zuging. »Ist alles in Ordnung? Du stehst inzwischen seit einer ganzen Weile einfach neben deinem Wagen und telefonierst.«

Die Begegnung war schlimm für sie, zumal ihre Freundin schwanger war und Zwillinge erwartete. Einen Jungen und ein Mädchen. Und Laurel selbst konnte nicht einmal ein Kind empfangen.

»Alles bestens. Schönen Abend noch«, sagte sie, stieg in ihr Auto und schoss vom Parkplatz.

Laurel erinnerte sich kaum an die Heimfahrt. Erst als sie in die kurze Einfahrt einbog, wurde ihr bewusst, dass sie von der Schule bis zu ihrem Haus gefahren war, ohne sich an eine einzige Kreuzung oder Straße zu entsinnen. Es dauerte eine ganze Weile, bis sie ihre Gliedmaßen so weit koordinierte, um ins Haus zu gehen.

Die Wärme in der Diele versetzte ihr einen Schock. Sie war dankbar, dass niemand da war, um sie zu begrüßen, und sie ihre Fassung zurückgewinnen konnte. Es fiel ihr schwer, normal zu atmen.

Als sie das Gefühl hatte, sich wieder rühren zu können, rang sie sich ein Lächeln ab, trat in die Küche und hielt nach ihrer Großmutter und Mrs. Miracle Ausschau. Vergeblich, weil die beiden Damen zum

Weihnachtsessen ins Seniorenzentrum gegangen waren. Immerhin eine Gelegenheit für sie, Zach zur Rede zu stellen.

Ziellos wanderte sie von einem Zimmer zum anderen. Ein Frösteln überkam sie. Warm. Dann kalt und wieder warm. Dasselbe Gefühl hatte sie an dem Tag gehabt, an dem sie gezwungen gewesen war, Jonathan herzugeben.

Heiße Tränen traten ihr in die Augen, aber sie weigerte sich, ihnen freien Lauf zu lassen. Mit wehem Herzen ging sie in Richtung des Kinderzimmers, dessen Tür geschlossen geblieben war, seit sie Jonathan der Sozialarbeiterin übergeben mussten. Seit damals hatte Laurel es nicht über sich gebracht hineinzugehen, und Zach hatte fest versprochen, sich ebenfalls daran zu halten. Aber nach gut fünf Minuten fiel ihr auf, dass die Tür zum Kinderzimmer gerade mal angelehnt war. Jemand musste hineingegangen sein. Nana?

Nein, ihre Großmutter und Mrs. Miracle hätten keinen Grund gehabt, dort hineinzugehen. Es musste Zach gewesen sein. Nur warum? Laurel stieß zaghaft die Tür auf.

Dunkelheit empfing sie. Wie lange sie dort stand, vermochte sie nicht zu sagen. Unbewusst streckte sie den Arm aus, um das Licht einzuschalten. Das Erste, worauf ihr Blick fiel, war der leere Schaukelstuhl, in dem sie unzählige schlaflose Nächte damit verbracht hatte, ihren winzigen drogensüchtigen Sohn durch die ersten qualvollen Monate seines Lebens zu bringen. Sie schaute zu der Wiege mit dem Musikmobile hinüber, von dem Jonathan so fasziniert gewesen war. Selbst jetzt sah sie ihn noch vor sich, wie er die Ärmchen hochgereckt hatte, weil er unbedingt nach den Zootieren greifen wollte, die über seinem Kopf kreisten. Einen flüchtigen Augenblick lang lächelte sie bei der Erinnerung, doch dieser Moment verflog rasch, als sie sich klarmachte, dass die verlassene Wiege für immer leer bleiben würde.

In der Schublade der Wickelkommode entdeckte sie eine rote Macy's Tüte. Augenblicklich wusste sie, was sie enthielt: die Babysachen, die Zach eigentlich zurückgeben wollte. Daneben lag eine Zigarrenkiste. Laurel starrte sie an, als wäre sie eine Giftschlange. Vorsichtig hob sie den Deckel, sprang beim Anblick des Inhalts der sonderbaren Zigarren einen Schritt zurück und verließ das Zimmer. Sie hatte genug gesehen.

Ein Blick auf die Uhr verriet ihr, dass Zach jeden Moment nach Hause kommen musste, und sie wappnete sich für die bevorstehende Konfrontation, vor der sie bislang die Augen verschlossen hatte. Damit wollte sie aufhören, es musste zu Ende sein mit der Vogel-Strauß-Politik. Nach ein paar Minuten hörte sie von der Tür her Zachs Stimme.

Er lächelte, als er sich umdrehte und sie ansah. »Bist du gerade erst gekommen?«, fragte er mit einem breiten Grinsen.

»Nein, ich bin seit einer Weile hier«, antwortete sie ausweichend.

»Ist dir kalt? Macht die Heizung wieder Sperenzchen? Oder warum trägst du noch deinen Mantel?«

»Oh, das habe ich völlig vergessen. Und meine Handtasche liegt vermutlich noch im Auto.«

»Bist du okay?«, fragte er, als sie an ihm vorbei nach draußen ging.

»Mir geht es gut«, erwiderte sie, als sie mit der Tasche in der Hand ins Haus zurückkam. Ihre Worte klangen scharf und kalt. »Hast du Zeit gehabt, dich nach Mrs. Miracles Referenzen zu erkundigen?«

»Ja. Alles geklärt.«

»Prima.« Sie ging in die Küche, wo sie sich mit dem Rücken am Tresen abstützte.

Zach folgte ihr. »Ich hatte einen tollen Tag. Das Projekt, an dem ich arbeite, kommt gut voran.«

Alles, was Laurel zustande brachte, war ein einziges Nicken. Der Kloß in ihrer Kehle zog sich zusammen, und einen flüchtigen Moment lang war sie versucht zu vergessen, was sie an diesem Nachmittag erfahren hatte.

Zach öffnete die Kühlschranktür und griff nach einem Apfel. »Was gibt es zum Dinner?«

»Ich würde lieber über einen Anruf sprechen, den ich heute Nachmittag bekommen habe. Er kam von Mary Swindoll.«

Die Worte explodierten zwischen ihnen wie eine

Bombe. Zachs Augen wurden rund, und er legte den Apfel auf die Küchentheke. Seine lässige Haltung war verflogen.

»Willst du gar nicht wissen, was sie mir zu sagen hatte?«, hakte sie nach.

»Sie hat dir von der Website erzählt.«

»Oh, sie hat mir weit mehr als das berichtet.«

Sein Adamsapfel hüpfte auf und ab, als er begriff, worauf das Gespräch hinauslief, und er schob die Hände in die Taschen seiner Dockers.

»Ich muss zugeben, dass ich wie vom Schlag getroffen war, als ich hörte, dass du hinter meinem Rücken unseren Adoptionsantrag erneuert hast. Warum, Zach? Warum hast du das getan? Nachdem wir Jonathan verloren haben, habe ich dir gesagt, dass ich nicht mehr will. Ich kann eine solche Tortur nicht noch einmal durchstehen. Und du warst einverstanden. Erst vor Kurzem hast du mir gesagt …«

»Ich weiß, dass ich es dir hätte sagen sollen. Irgendwie dachte ich, dass ich dich auf diese Möglichkeit vorbereiten müsste. Wäre tatsächlich ein Baby für uns zur Adoption freigegeben worden, wäre es eine süße Überraschung für dich gewesen. Ich habe es für dich getan, Laurel. Für uns.«

Er streckte die Arme aus, als würde er sie anflehen, ihn zu verstehen und zu glauben, dass er ihr nie absichtlich wehtun würde.

»Mach dir nichts vor, Zach. Es war nicht für *uns*. Du

hast es für *dich* getan, für deinen Traum, Vater zu sein. Wegen deines eigenen Wunsches nach einer Familie.«

»Das stimmt nicht, Laurel.«

Sie tat seine Worte mit einem schroffen Kopfschütteln ab.

»Nach Jonathan war in dieser Hinsicht für mich alles zu Ende. Das wusstest du. Ich habe es dir gesagt. Trotzdem hast du die Babysachen nicht zurückgegeben. Mach dir nicht die Mühe, es abzustreiten. Ich habe sie in der Kommode gefunden. Zusammen mit den Zigarren.«

Für den Bruchteil einer Sekunde sah er sie bittend an. »Das Geschäft wollte die Sachen einfach nicht zurücknehmen. Ich wusste, dass du dich aufregen würdest, wenn du sie findest, deswegen habe ich Gott um ein Zeichen gebeten. Und dann bekam ich die Zigarren, und da wusste ich, dass …«

»Zach, bitte. Hör auf. Ich kann es nicht ertragen, noch mehr zu hören.«

»Ich weiß nicht, was ich deiner Meinung nach sagen soll. Es tut mir leid, Laurel. Ich hatte nie vor, dir wehzutun.«

»Das glaube ich dir unbesehen, ein Himmelsschreiber hätte es nicht klarer darstellen können. Ich weiß, dass du es nicht glauben willst, aber sosehr ich es mir wünsche, ich werde nie imstande sein, dir eine Familie zu schenken. Diese Träume, die wir in jenem fernen Sommer geteilt haben, müssen wir vergessen.« Ihre

Stimme brach. »Es tut mir so leid.« Es dauerte einen Moment, bis sie weitersprechen konnte. »Ich habe alles versucht, doch einige dieser Träume sollten sich eben nicht erfüllen, und offensichtlich bin ich dir nicht genug.«

Sie schlug die Hände vor das Gesicht und verschmierte die Tränen auf ihren Wangen.

»Das stimmt nicht. Du bist mehr als genug für mich. Du bist alles an Familie, was ich will. Du bist alles an Familie, was ich brauche.«

»Dein Handeln sagt etwas anderes, und zwar weitaus deutlicher als deine Worte.«

»Ich liebe dich, Laurel. Daran kannst du nicht zweifeln.«

»Das tue ich auch nicht«, flüsterte sie zurück, bemühte sich, die Tränen zurückzuhalten. »Mich zu lieben reicht dir nicht. Du willst mehr, du wirst immer mehr wollen.«

Er senkte den Blick zum Boden. »Alles, was ich getan habe, war, mich an die Hoffnung für uns zu klammern, Laurel. Ja, und deshalb habe ich Gott um ein Zeichen gebeten und bekam bei der Weihnachtsfeier diese Zigarren.«

»Und aus diesem Grund glaubst du daran?«

»Ja. Ich glaube es. Ich glaube wirklich, dass es so kommen wird.«

Mehr brauchte Laurel nicht zu hören. Sie erstarrte, sah blicklos in die Ferne. Es kam ihr vor, als wäre das gesamte Gewebe ihrer Ehe auseinandergerissen worden. Sie blickte auf, damit er den Ernst dessen erkannte, was sie zu sagen beabsichtigte.

»Ich kann so nicht weitermachen, Zach. Ich liebe dich wirklich von ganzem Herzen. Dennoch halte ich es für das Beste, wenn du und ich jemand anderen finden würden.«

»Das meinst du nicht ernstlich? Das kannst du nicht so meinen«, stammelte er nach ein paar furchtbaren Sekunden.

Trotz ihres Kummers wusste sie tief in ihrem Herzen, dass es die richtige Entscheidung war.

»Tut mir leid, ich meine es so.«

Sie standen sich ein paar Zentimeter voneinander getrennt gegenüber. Keiner sprach ein Wort. Zach ließ die Schultern hängen und entfernte sich nach einer gefühlten Ewigkeit aus dem Haus. Laurel sank zu Boden und weinte bitterlicher als je zuvor in ihrem Leben. Jetzt hatte sie nicht allein Jonathan verloren, sondern ebenfalls ihren Mann. Für sie gab es keine Ehe mehr. Sie hatte endlich den Mut aufgebracht zu erkennen, dass sie Zach genug liebte, um ihn für eine andere Familie freizugeben.

Das Gesicht in den Händen verborgen, weinte sie unaufhörlich. Als sie hörte, wie die Vordertür geöffnet wurde, wischte sie ihre Tränen ab und gab sich alle Mühe, ihre Großmutter und Mrs. Miracle zu begrüßen.

14. Kapitel

Helen hatte keine Ahnung, was zwischen Laurel und Zach vorgefallen war. Mrs. Miracle hatte sie nach dem Weihnachtsdinner in Hochstimmung zu Hause abgesetzt, und entsprechend entgeistert hatte die Großmutter das vor Kummer verzerrte Gesicht ihrer Enkelin angestarrt, die daraufhin hastig im Bett verschwand.

Als sie Laurel am nächsten Morgen in der Küche hörte, schlug sie die Decken zurück und stieg aus ihrem warmen Bett. Sie musste allein um ihres Seelenfriedens willen wissen, was sich zwischen Laurel und Zach abgespielt hatte.

Als sie in Morgenrock und Hausschuhen in die Küche kam, lehnte die junge Frau mit geschlossenen Augen an der Theke, als hätte sie keine Kraft mehr.

»Laurel, mein Liebling. Was ist denn?«

»Zach ist fort«, presste sie heraus und drückte den Kopf an die Schulter der Großmutter.

»Fort? Ist er gestern Abend nicht nach Hause gekommen? Wie lange wird er wegbleiben?«

»Für immer«, schluchzte die unglückliche junge

Frau. »Er wünscht sich das, was ich ihm nicht geben kann.«

»O Laurel …« Helen wusste nicht, wie sie ihre bedauernswerte Enkelin am besten trösten sollte.

Plötzlich streckte Laurel sich und schien sich Mut zu machen. »Heute findet die Schulfeier statt. Ich muss mich zusammenreißen, und ich werde es schaffen. Alle zählen auf mich.«

Sie griff nach einem neuen Taschentuch, betupfte sich die Augen und rang sich ein schwaches Lächeln ab.

»Trink eine Tasse Tee«, riet Helen.

»Der gesamte Tee aus China kann das nicht in Ordnung bringen, Nana. Ich werde den Tag so durchstehen, wie ich alles andere überlebt habe. Schließlich bin ich nicht umsonst deine Enkelin«, sagte sie, küsste die Großmutter auf die Wange und marschierte tapfer zur Tür hinaus.

Helen konnte es kaum erwarten, dass Mrs. Miracle sich blicken ließ, damit sie ihr erzählen konnte, was so furchtbar schiefgegangen war. Und die würde wissen, was zu tun war, denn wenn ein Engel nicht wusste, was zu tun war, wer dann?

»O mein Gott, ich bin so froh, dass Sie hier sind«, platzte sie heraus, als ihre Betreuerin das Haus betrat.

»Was gibt es?«, fragte Mrs. Miracle und legte Mantel und Schal ab.

»Es geht um Laurel und Zach«, rief Helen aufgeregt. »Irgendetwas ist passiert. Ich habe es Laurel gestern Abend vom Gesicht abgelesen, und als ich sie dann heute Morgen fragte, rückte sie damit heraus, dass Zach weg ist und ich nicht damit rechnen soll, dass er zurückkommt. Ich glaube, ich kenne die Wurzel des Übels«, fügte sie hinzu. »Die Tür zum Schlafzimmer des Babys stand offen.«

»Ach ja«, gab Mrs. Miracle in einem beschwichtigenden Tonfall zurück. »Ich weiß alles darüber. Es gibt nichts, weswegen Sie sich Sorgen machen müssten, meine Liebe.«

»Ich fürchte, Sie begreifen den Ernst der Situation nicht ganz«, erwiderte Helen. »Haben Sie nicht gehört, dass ich gesagt habe, Zach kommt nicht mehr nach Hause zurück? Und ausgerechnet heute findet die Schulaufführung statt.«

»Ja. Alles wird gut. Helen, Sie müssen Vertrauen aufbringen«, entgegnete Mrs. Miracle sanft und tätschelte die Hand der alten Dame. »Entspannen Sie sich, lehnen Sie sich zurück und trinken Sie eine Tasse Tee mit mir. Bevor Sie es sich versehen, ist es dann Zeit, zur Schule zu fahren.«

»Und wird mit Laurel alles in Ordnung kommen? Und mit Zach?«

»Ja. Ich verspreche es.«

Helen nippte an ihrem Tee und nahm Mrs. Miracle beim Wort.

Die beiden verbrachten den Rest des Tages mit Stricken und Geplauder, bis es Zeit war, zu der Feier in der Schule aufzubrechen, wo bereits lebhaftes Treiben herrschte. Autos verstopften den kleinen Parkplatz und die Straßen rings um das Gebäude. Der große Raum, der als Auditorium, Sporthalle und Cafeteria diente, wimmelte von Eltern und Großeltern. Klappstühle waren in ordentlichen Reihen mit Blick auf die Bühne aufgestellt worden. Zu beiden Seiten standen mehrere kleine, mit Lichtern und selbst gebasteltem Schmuck dekorierte Weihnachtsbäume. Bilder der festlich gekleideten Schüler hingen auf der anderen Seite des Raumes.

Helen sah zu, wie jede Klasse zum Entzücken ihrer Familien hereinkam. Eine ältere Frau neben ihr beugte sich zu ihr und flüsterte aufgeregt: »Das ist meine Enkelin.«

»Welche?«

»Die Zweitklässlerin in dem roten Kleid.«

»Sie ist hinreißend, genau wie meine Enkelin«, sagte sie und deutete auf Laurel. Sie ist die Lehrerin der ersten Klasse.«

»Mrs. McCullough? Ich erkenne sie. Meine Enkelin hatte sie letztes Jahr. Sie ist eine wunderbare Lehrerin. Meine Tochter sagte, alle Kinder würden sie lieben.«

Als das Programm anlief, trat im Raum Stille ein. Mr. Adams, der Direktor, begrüßte das Publikum.

»Zuerst möchte ich sagen, wie sehr wir uns freuen,

die Familien unserer Schüler willkommen zu heißen«, begann er. »Die Schüler und das Lehrpersonal haben hart gearbeitet, um diese Feier auf die Beine zu stellen. Ich möchte insbesondere Mrs. McCullough dafür danken, dass sie die ganze Vorbereitung geleitet hat. Bitte schalten Sie Ihre Handys aus, damit die Leistung der Kinder heute Nachmittag im Mittelpunkt steht. Und jetzt keine Verzögerung mehr. Lasst die Show beginnen.«

Applaus brandete auf. Helen klatschte laut und verrenkte sich den Hals, um Laurels Klasse zu sehen, die unruhig darauf wartete, an die Reihe zu kommen. Sobald die Kindergartenkinder ihren Einzug beendet hatten, marschierten Laurels Schützlinge auf die Bühne und stimmten ein Lied an. Ihre süßen, jungen Stimmen hallten durch den Raum. Helen stellte sich vor, dass junge Engel in der Ausbildung so klingen mussten.

Eines der Highlights war die Schulband, das große Finale. Laurel hatte ihr erzählt, wie hart die Kinder das Instrumentalstück geprobt hatten. Sie beugte sich vor, als der Bandleader den Taktstock hob und die Kinder zu spielen begannen. Es gab ein paar Quieker von den Trompetern, und ein Geiger hinkte den anderen ein paar Takte hinterher, doch im Großen und Ganzen war alles in Ordnung.

»Können Sie mir sagen, welches Lied sie spielen?«, fragte eine Besucherin neben Helen.

»*O Tannenbaum*, glaube ich«, flüsterte Helen zurück, der es wie allen anderen nicht ganz leichtfiel, die Melodie zu identifizieren.

Das Lied ging zu Ende, und die Bandmitglieder standen stolz auf und verbeugten sich vor dem Publikum, das für Standing Ovations aufsprang. Mrs. Miracle klatschte laut und begeistert. Helen hätte nicht stolzer auf Laurel sein können. Sie merkte ihr an, dass sie von Anfang bis zum Ende ihr Herzblut in dieses Programm gesteckt hatte. Und nicht wenige Eltern zollten ihr Lob nach Ende der Feier.

»Du hast deine Sache fantastisch gemacht«, wiederholte Helen ein paarmal. »Einfach perfekt. Die Kinder waren großartig. *Du bist* großartig.«

Laurel drückte sie erneut liebevoll an sich. »Danke, Nana. Ich bin froh, dass du hier warst.«

»Ach, Süße«, flüsterte sie in dem verzweifelten Versuch, Laurel zu trösten. »Alles wird sich so fügen, wie Gott es will. Warte es nur ab.«

In diesem Moment tauchte ein kleines Mädchen auf, die Zweitklässlerin in dem roten Kleid. »Mrs. McCollough! Mrs. McCullough«, sagte sie und zupfte an Laurels Ärmel.

»Ja, Bella. Was gibt es denn?« Sie kauerte sich vor die Kleine, sodass sie sich auf Augenhöhe mit ihr befand.

Das Mädchen lächelte und blinzelte. »Ich wollte Ihnen einfach sagen, dass Sie eine wirklich gute

Mommy sein werden. Meine Mommy findet das auch. Frohe Weihnachten.«

Helen sah, wie jegliche Farbe aus dem Gesicht ihrer Enkelin wich, als sie sich ein Lächeln abrang und sich den Tränen nahe bei dem Kind bedankte und es umarmte.

»Das wünsche ich dir ebenfalls, Bella.«

Helen sah zu, wie das Mädchen durch das Auditorium und zu seiner Mutter zurückstürmte. Bellas Mutter winkte Laurel leicht zu, bevor sie ihrer Tochter einen Arm um die Schultern legte und sie aus dem Raum führte.

»Ich hatte Bella in der ersten Klasse«, erklärte Laurel ihrer Großmutter. »Sie ist ein liebes, gutherziges Kind, und ihre Mom war eine ausgezeichnete Elternsprecherin. Es ist insgesamt eine sehr nette Familie.«

Mrs. Miracle trat zu ihnen und streckte eine Hand aus, um Laurels Unterarm leicht zu drücken. »Vertrauen Sie«, riet sie leise.

»Bleib nicht mehr so lange«, mahnte Helen.

Die Verlorenheit, die ihre Enkelin ausstrahlte, verriet ihr, dass ihr Zuhause jetzt für sie der einzige Zufluchtsort war, an den sie sich flüchten würde. So wie sie es als Zehnjährige getan hatte, würde sie sich dorthin zurückziehen, wo sie den Trost und die Sicherheit finden konnte, die ihr Herz brauchte.

15. Kapitel

Nach dem Ende der Feier blieb Laurel noch, bis im Auditorium geputzt und aufgeräumt wurde. Das Reinigungspersonal war gerade dabei, die Klappstühle zusammenzustellen, als sie Zach im hinteren Teil des Raumes entdeckte und zur Salzsäule erstarrte. Eine Abrissbirne hätte sie nicht vom Fleck bewegen können, und so tat sie eine gefühlte Ewigkeit lang nichts, als ihn stumm anzuschauen.

Zach setzte sich als Erster in Bewegung und kam mit langsamen Schritten auf sie zu. Er sah nicht besser aus, als sie sich fühlte, denn seine Kleidung war zerknittert und sein Haar unordentlich.

»Hey«, sagte er mit leiser, gepresster Stimme. »Das hast du gut gemacht. Das Programm war klasse.«

»Du warst da?«

Er nickte. »Letzte Reihe, hinter der Mutter des Tubaspielers.« Einer seiner Mundwinkel hob sich zu einem halben Lächeln. »Ich sagte doch, ich würde kommen, oder?«

»Zur Abwechslung hältst du mal ein Versprechen«, sagte sie zynisch. »Ich muss nach Hause.«

»Kannst du nicht die Zeit für einen Kaffee erübrigen?«

Die Versuchung war übermächtig. Alles in ihr sehnte sich danach, Ja zu sagen, aber sie konnte es nicht, nicht nach seinem Verrat. Doch aus Müdigkeit und Erschöpfung verlor sie ihren Widerstand und folgte ihm in den nächsten Starbucks, den es in Seattle an fast jeder Ecke gab. Sie fanden einen Tisch am Fenster und besorgten sich einen Latte. Anschließend zog Schweigen sich wie ein Karamellbonbon im Sommer zäh und klebrig zwischen ihnen hin. Da Zach sie zu dem Treffen eingeladen hatte, wartete Laurel darauf, dass er als Erster das Wort ergriff.

»Ich bin den größten Teil des Abends ziellos herumgefahren.« Seine Stimme klang heiser und belegt. »Das gab mir reichlich Gelegenheit, über das nachzudenken, was du gesagt hast. Hast du das wirklich so gemeint? War es dein Ernst, dass ich eine Frau finden soll, die mir eine Familie schenken kann?«

Sie trank einen Schluck von ihrem Latte, bevor sie antwortete. »Ja. Ich habe es ernst gemeint«, bestätigte sie, ohne dass er ihr wirklich zu glauben schien.

Zach beugte sich zu ihr vor. »Weißt du denn inzwischen nicht, dass ich niemanden außer dir will?«

»Bitte«, flüsterte sie beinahe lautlos. »Bitte mach das alles nicht noch schwerer, als es ohnehin ist.«

»Versteh endlich. Was muss ich noch sagen, um dich davon zu überzeugen, dass du weit mehr bist als meine Frau? Du bist mein ganzes Leben, meine Welt. Ich weiß nicht, wie du überhaupt auf den Gedanken kommen kannst, nicht genug für mich zu sein.« Sein Blick war dunkel, eindringlich und bittend. »Ich möchte ohne dich nicht leben. Bitte, Laurel. Lass nicht zu, dass meine Fehler uns trennen. Ich könnte es nicht ertragen. Wir können dafür sorgen, dass es funktioniert.« Betroffen sah er ihre Tränen. »Bitte nicht weinen. Es tut mir in der Seele weh, dich so zu sehen. Könntest du mir nur verzeihen …«

»Bist du wirklich absolut sicher, Zach? Noch eine Nacht wie diese stehe ich nicht durch.«

»Ich bin zu hundert Prozent sicher.« Er sprang so schnell auf, dass er beinahe seinen Stuhl umgestoßen hätte, griff nach ihr, zog sie von ihrem Sitz hoch und umklammerte sie ganz fest. »Wir sind ein Team, Laurel, eine Familie, du und ich. Kein Baby zu haben wird nichts an dem zwischen uns ändern. Wir sind füreinander bestimmt, und ich lasse nicht zu, dass du mich wegschickst.«

Eine Frauenstimme durchbrach den Zauber ihrer beginnenden Versöhnung. »Wird dieser Tisch frei?«

»Er gehört Ihnen.« Und mit einem um Laurels Taille geschlungenen Arm fügte er hinzu: »Meine Frau und ich gehen nach Hause.«

»Sie kommen doch mit uns zur Weihnachtsmesse, nicht wahr?«, fragte Helen Mrs. Miracle, die eigentlich für den Rest des Tages frei hatte. Sie würde die Frau vermissen, die zu einer lieben Freundin geworden war.

»Ich werde Sie mit Glockengeläut bei der Kirche treffen«, versicherte ihr die Himmelsbotin und fügte kaum hörbar hinzu: »Und das meine ich wortwörtlich. Sie werden mich hören, bevor Sie mich sehen. Horchen Sie auf die Glocken.«

»Ich werde die Ohren offen halten. Hat es etwas mit der Ankunft des Babys zu tun? Wann wird die sein?«

»Bald.«

»Vor Weihnachten?«

»Vermutlich, ansonsten kurz danach.«

»Das sind wunderbare Nachrichten«, seufzte Helen erleichtert. »Und riesige Überraschungen. Zum Glück ist Zach wieder zu Hause.«

Helen hatte stille Freudentränen darüber vergossen, die beiden wieder versöhnt zu sehen, und war zu dem Schluss gekommen, keine weitere Erklärung zu benötigen. Was immer sich zwischen Laurel und Zach abgespielt haben mochte, es hatte sie auf eine neue Weise zusammengeschweißt.

»Also abgemacht. Ich treffe Sie zum Weihnachtsgottesdienst bei der Kirche«, bestätigte Mrs. Miracle. »Und Sie sollten noch wissen, dass Shirley, Goodness und Mercy mit mir kommen werden.«

»Das ist ja wunderbar.« Helen hätte nicht erfreuter sein können, war sich allerdings nicht sicher, ob sie die drei erkennen würde. »Treten sie überhaupt in menschlicher Gestalt auf? Sie wissen schon, wie normale Leute?«

»Nicht alle.«

»Woher soll ich dann wissen, wer sie sind?«

»Lassen Sie mich das klarstellen«, fügte Mrs. Miracle nachsichtig hinzu. »Sie werden sie vielleicht nicht alle mit den Augen sehen, aber Sie werden sie hören.«

»Ich werde sie hören? Werden sie etwa Glöckchen läuten?«

Ihre Betreuerin lachte so laut, dass Laurel den Kopf aus der Küche hinaussteckte, um zu sehen, was los war.

»Was ist hier so komisch, ihr zwei?«, fragte sie.

»Ihre Großmutter.«

»Mrs. Miracle«, rief Helen gleichzeitig.

Laurel fragte nicht weiter nach, sondern verließ die Küche, während Mrs. Miracle ihre Erzählung fortsetzte.

»Alle drei werden mit dem Chor singen, doch lediglich eine wird für das menschliche Auge sichtbar sein. Danach macht es mir immer Spaß, den Kommentaren der Gemeinde zuzuhören, wenn sie die Kirche verlässt. Ich finde es jedes Mal lustig. Die Leute sagen die verrücktesten Sachen.«

»Oh?«

»Sachen wie: Der Chor hat noch nie so gut geklungen, was im Grunde ja kein Wunder ist, richtig?«

»Richtig«, stimmte Helen zu.

»Ein anderer meiner Lieblingssprüche ist der, wenn jemand meint, der Chor habe sich angehört, als bestünde er aus Engeln. Und dann gibt es noch die Pessimisten, die immer etwas zu meckern haben, egal was. Die hört man dann nörgeln, dass es eine Schande sei, wenn der Chor nicht jede Woche so schön singt.«

Helen legte eine Hand vor den Mund, um ihr Kichern zu dämpfen. Sie hatte solche missmutigen Menschen im Laufe der Jahre häufig kennengelernt. Solche, für die das Glas immer halb leer war, unabhängig von seiner Größe oder wie gut es gefüllt gewesen war.

»Singen Sie ebenfalls?«, fragte sie.

»Ein bisschen«, räumte Mrs. Miracle ein, »nicht viel. Gott hat mir andere Talente gegeben. Natürlich wird im Himmel gesungen, aber die Musik ist nicht von dieser Welt. Sie können sie nicht mit dem vergleichen, was Sie auf der Erde hören. Es gibt keine Worte, um die Musik des Himmels zu beschreiben.«

»Ich werde sie eines Tages selbst hören.«

Mrs. Miracle legte eine Hand über die von Helen und drückte sie. »Ja, das werden Sie.«

Nachdem sie sich verabschiedet hatte, hielt Helen in ihrem Lieblingssessel ein kurzes Nickerchen. Das Nächste, was sie bewusst wahrnahm, war, dass Laurel ihr ihren Lunch brachte.

»Ich wollte nicht so lange schlafen, und ich mag es nicht, wenn du mich so bedienst«, protestierte die Großmutter. »Ich kann zum Tisch kommen.«

»Bleib, wo du bist«, beharrte Laurel. »Ich weiß, dass Mrs. Miracle dir jeden Tag deinen Lunch serviert hat. Das kann ich genauso tun.«

»Dann musst du dich zu mir setzen und mir Gesellschaft leisten, wie sie es tut. Also hol dir deinen eigenen Lunch«, forderte sie ihre Enkelin auf.

»Du wirst Mrs. Miracle vermissen, nicht?«

»Ja«, gab Helen zu. »Und das, obwohl sie gar nicht so lange bei mir war. Ich finde, sie hatte eine starke Wirkung auf uns alle.«

»Ja, die hatte sie«, stimmte Laurel lächelnd zu.

Nach dem Essen besuchten Großmutter und Enkelin kurz das Seniorenzentrum.

»Ihre Großmutter hat allen die Köpfe verdreht, seit sie zum ersten Mal einen Fuß hierher gesetzt hat«, bemerkte eine Frau, die auf Laurel zukam, um sie zu begrüßen. »Ich bin Mary Lou und habe früher drei Häuser die Straße hinunter von dem Haus entfernt gewohnt, in dem Sie jetzt leben. Ihre Mutter Kelly und meine Julie haben als Kinder miteinander gespielt. Wir sind umgezogen, als die Mädchen mit der Highschool angefangen haben. Ich war froh, dass Helen in das Zentrum gekommen ist. Es ist so schön, sie wiederzusehen. Und das Bingospiel scheint den Senioren Spaß zu machen. Wenn Sie wollen, kann ich Ihre Großmutter später nach Hause bringen.«

Als Helen am nächsten Morgen erwachte, stellte sie fest, dass sie die ganze Nacht von Robert geträumt hatte. Entsprechend klammerte sie sich an den Nachhall des Traumes, denn nach wie vor vermisste sie ihren Mann sehr. Er hatte Weihnachten stets zu etwas Besonderem für sie gemacht, hatte beispielsweise die Außenfassade des Hauses mit unzähligen Lichtern geschmückt, die alles erhellten und sie in der dunkelsten Zeit des Jahres aufmunterten. Robert wusste das und war bereit, lange Stunden in der Kälte zu verbringen, die Leiter herauf- und herunterzuklettern und Lichterketten an der Dachkante und allen Bäumen draußen zu befestigen.

Wenn es um Geschenke ging, hatte Robert sich aufrichtig bemüht, etwas zu finden, von dem er wusste, dass sie sich darüber freuen würde. Helen hatte sich nie beklagt, wenn er praktische Dinge statt etwas Persönlicherem als Geschenk ausgesucht hatte. Ihrer Ansicht nach bestand das wahre Geschenk in seiner Liebe und diesen Lichtern draußen.

Dasselbe erkannte sie nun zwischen Laurel und Zach. Egal was die Zukunft brachte, sie wusste, dass es bei den beiden so sein würde wie bei ihr und Robert, dem Mann, der ihr Seelengefährte gewesen war, die Liebe ihres Lebens.

Helen frühstückte mit dem jungen Paar zusammen, und sie hatte das Gefühl, Zach sagen zu müssen, dass sie ihre Betreuerin eingeladen hatte, an dem bevorstehenden Weihnachtsgottesdienst teilzunehmen.

»Ich hoffe, es stört dich nicht, dass sie dabei sein wird.«

»Warum sollte es? Mrs. Miracle ist mehr als willkommen.«

»Wie ich hörte, ist der Chor in Topform, und das Letzte, was ich gehört habe«, warf Laurel ein, »war, dass Mrs. Nelson verzweifelt zusätzliche Altstimmen sucht. Mrs. Murphy ist über die Feiertage bei ihren Kindern in New York, und Alice Knight und Brenda Nichols haben diese scheußliche Grippe, die gerade grassiert.«

»Jemand muss also eingesprungen sein«, sagte Zach. »Ich freue mich immer auf die Weihnachtslieder.«

»Letzten Sonntag hat Pastor Warren angekündigt, dass ein Trompeter beim Weihnachtsgottesdienst spielen wird«, fügte Laurel hinzu.

Helen meinte die triumphalen Klänge schon jetzt zu hören. Es ging nichts über eine Trompete, die den Chor zu ihrem Lieblingsweihnachtslied *Joy to the World* begleitete. Sie bekam eine Gänsehaut, wenn sie daran dachte.

An diesem Abend setzten sie sich nach dem Dinner alle vor den Fernseher, um sich einen Weihnachtsfilm anzusehen. Laurel und Zach kuschelten sich aneinander und schienen sich gar nicht nah genug sein zu können. Der Anblick ließ Nana an die Zeit denken, als sie und Robert jung gewesen waren, und von einem inneren Drang erfüllt, strickte sie an der Babydecke weiter. Sie vertraute einfach Mrs. Miracles Vorhersagen über die Ankunft des Babys.

»Was hast du denn da in Arbeit? Es sieht aus wie der Anfang einer Decke. Mir gefällt dieser Rosaton sehr.«

Helen wusste nicht, was sie sagen sollte, fühlte sich wie ein im Scheinwerferlicht eines Autos gefangenes Reh. Sie wollte weder lügen noch die Wahrheit sagen und redete sich auf einen Strickversuch heraus. Dabei war sie fast fertig und bereit für die Ankunft des Babys.

Was für eine wundervolle Überraschung dieses Kind für Laurel und Zach sein würde. Die Kleine würde in ein von Liebe erfülltes Haus kommen mit Eltern, die sie wie das Geschenk Gottes behandelten, das sie war.

16. Kapitel

Der Heilige Abend begann als klarer, heller Wintertag. Laurel und ihre Großmutter hatten Plätzchen aus dem Teig gebacken, dessen Rezept sie Mrs. Miracle verdankten.

Inzwischen war das Gebäck auf mit Schleifen verzierten Tellern arrangiert, wobei Helen die fröhliche Gegenwart ihrer Betreuerin vermisste und Angst hatte, sie könnte den für diesen Abend angesetzten Gottesdienst vergessen. Sie sprach ununterbrochen von Mrs. Miracle, von dem Spaß, den sie zusammen gehabt hatten, ihren Ausflügen und ihren nachmittäglichen Spaziergängen.

Sobald sie mit dem Verpacken fertig waren, zog Laurel los, um die Teller an die nächsten Nachbarn sowie an die Belegschaft des Kirchenbüros zu verteilen. Es war ihr ein Bedürfnis, all jenen zu danken, die für andere da waren.

Als Laurel nach Hause kam, fand sie ihre Großmutter in der Küche vor, wo sie Zimtbrötchen für den Morgen des ersten Weihnachtstags machte. Es war zwei oder drei Jahre her, seit sie sich damit abgegeben hatte. Ihre Großmutter relativ aktiv und glücklich zu sehen bewirkte Wunder bei ihr und beflügelte ihren Optimismus, dass es ein ganz besonderes Weihnachtsfest werden würde.

Dazu gehörte nicht zuletzt die Vorbereitung des festlichen Dinners, das traditionell vor allem aus gebackenen Kartoffeln, grünen Bohnen und Hochrippe bestand.

Als das letzte Gericht fertig war, blickten sich Laurel und Nana um und seufzten angesichts des Zustands der Küche. Die Spüle war mit Töpfen, Pfannen und einer Sammlung schmutziger Küchengeräte vollgestopft. Drei bis vier Kochbücher lagen aufgeschlagen auf der Theke, und überall waren Gewürze verstreut.

»Wow«, sagte Zach, der sich zu ihnen gesellte, »hier sieht es ja aus, als wäre eine Bombe eingeschlagen.«

»Das wissen wir.« Laurel schlang ihrem Mann die Arme um die Taille. »Es war einfach so ein Tag. Nana und ich waren beschäftigt, seit du heute Morgen gegangen bist. Wir sind froh, dass du früher als sonst nach Hause kommst, da kannst du uns beim Aufräumen helfen.«

Zu dritt schafften sie rasch Ordnung und waren um halb sieben bereit, das Haus zu verlassen. Zach hatte Nana gerade in das Auto geholfen, als sein Telefon klingelte.

»Wer war das?«, fragte Laurel, die noch neben der Beifahrerseite stand.

»Mary Swindoll. Ich habe ihr vor ein paar Tagen eine Nachricht hinterlassen. Ausgerechnet jetzt muss sie zurückrufen. Ich rufe sie nächste Woche an«, sagte er und schob das Telefon in seine hintere Hosentasche.

»Hört mal, ihr beiden«, unterbrach Helen die Unterhaltung. »Wenn wir jetzt nicht losfahren, kommen wir zu spät zur Kirche. Ihr wisst doch, wie voll es zu Weihnachten sein wird. Wir können froh sein, einen Parkplatz zu kriegen.«

Nana behielt recht. Als sie bei der Kirche ankamen, ergatterte Zach mit Glück eine der letzten Parklücken.

»Seht ihr Mrs. Miracle?«, erkundigte sich Helen und ließ den Blick durch das Innere der Kirche schweifen. »Wir müssen ihr einen Platz freihalten.«

»Ich kann sie nirgendwo entdecken«, gab Laurel zurück.

»Sie sollte inzwischen hier sein.«

»Vielleicht hat sie es vergessen, Nana. Mach dir keine zu großen Hoffnungen.«

»Meine Mrs. Miracle wird da sein«, versicherte Helen ihr. »Sie ist ein Mensch, der sein Wort hält.«

»In Ordnung, dann hör auf, dir Gedanken zu machen.«

Genau in diesem Moment hörte Laurel in der Ferne leise, harmonische Glockenklänge. Sie straffte sich ebenso wie ihre Großmutter, wohl wissend, dass sie sich in der Gesellschaft ganz besonderer Gäste befanden.

»Ich weiß, dass es dir schwerfallen wird zu glauben, dass soeben die Engel kommen«, hörte sie ihre Großmutter flüstern.

»Die Engel«, wiederholte Laurel skeptisch.

»Mrs. Miracles engste Freunde. Shirley, Goodness und Mercy.«

Helen drehte sich ganz um, um den Mittelgang hinunterzublicken. Die Glockenklänge schienen aus dem hinteren Teil der Kirche zu kommen und wurden ausgeprägter.

»Mrs. Miracle sagte mir, drei ihrer besten Freundinnen würden heute Abend dabei sein.« Sie dämpfte ihre Stimme zu einem leisen Flüstern. »Sie sind ebenfalls Engel«, betonte sie, ohne auf Laurels Bestürzung zu achten. »Sie sagte, ich würde wissen, dass sie kommen, wenn ich die Glocken höre. Was ich nicht wusste, war, dass du sie genauso hören würdest.«

»Hörst du Glocken?«, wandte sie sich an Zach, der daraufhin selbstverständlich nickte, während die Frau neben ihm den Kopf schüttelte.

»Ich höre überhaupt nichts. Was soll dieses ganze Gerede von Glocken überhaupt?«

»Meine Großmutter sagt, dass die Engel angekommen sind«, erklärte Laurel, um die Frau endgültig zu verwirren.

Der Gottesdienst sollte gerade beginnen, als Mrs. Miracle ein bisschen außer Atem eintraf. Sie drückte sich an ein paar anderen Leuten in der Bank vorbei, um sich neben Helen zu setzen, und flüsterte Nana etwas zu, woraufhin diese ein Lachen unterdrückte.

Laurel wusste nicht, was so komisch war, und konzentrierte ihre Aufmerksamkeit auf den vorderen Teil der Kirche, wo die Chormitglieder in ihren langen dunkelblauen Gewändern in einer Reihe entlangschritten.

»Laurel«, flüsterte Zach und drückte ihren Arm. »Diese junge Frau da im Chor, die Dritte von links in der vorderen Reihe. Kennst du sie?«

»Nein. Ich glaube nicht, dass ich sie schon einmal gesehen habe. Warum?«

»Es ist die Verkäuferin, die mir die ganzen Babysachen angedreht hat. Was tut sie hier?«

»Schatz, wir sind in der Kirche. Und es ist Heiligabend. Jeder ist willkommen.«

»Natürlich, aber findest du es nicht äußerst ungewöhnlich, dass diese Frau, die ich vor dem seltsamen Ereignis bei Macy's noch nie zuvor zu Gesicht bekommen habe, Heiligabend in unserer Kirche auftaucht, im Chor, und sich verhält, als wäre sie ein langjähriges Mitglied?«

»Zach, wirklich, du interpretierst da mehr hinein, als du solltest. Ich bin sicher, dass ich dir erzählt habe, dass der Chor Ersatz für die wegen Grippe Erkrankten gesucht hat.«

Sie wurden unterbrochen, als der Pastor vortrat, ein paar Begrüßungsworte sprach und dann alle bat, sich zu der Eröffnungshymne *Stille Nacht* zu erheben, die von der Gemeinde und vom Chor gesungen wurde.

Obwohl zahlenmäßig klein, klang er so eindrucksvoll, als bestünde er aus fünfmal so vielen Mitgliedern. Die Klänge waren himmlisch. Selbst Pastor Warren schien fasziniert von der magischen Harmonie.

Die Gemeinde nahm für eine kurze Predigt über die Geburt des Christuskindes Platz. Der Höhepunkt war die Geschichte der Engel, die die Hirten besuchten und ihnen die gute Nachricht vom Frieden auf Erden und den Menschen ein Wohlgefallen überbrachten. Nach der Predigt erhob sich der Chor, um *Hark! The Herald Angel Sing* anzustimmen. Erneut staunte Laurel, wie wunderbar die Stimmen des Chores miteinander verschmolzen. So gut hatte sie den Chor noch nie erlebt.

Nach dem traditionellen Entzünden der Kerzen sang der Chor noch zwei zusätzliche Weihnachtslieder, bevor der Abend mit einem Kirchenlied und einem gemeinsamen Gebet endete.

Als sie die Kirche verließen, blieben einige Leute stehen, um Helen frohe Weihnachten zu wünschen, weil sie sie während der letzten Monate nicht beim Gottesdienst gesehen hatten. Die Augen der alten Dame strahlten, als sie mit Mrs. Miracle die Kirchenstufen hinunterstieg.

»Hast du sie gesehen?«, fragte sie Zach.

»Wen gesehen?«

»Mercy.«

»Wer ist Mercy?«

Mrs. Miracle mischte sich ein. »Sie sind Mercy letztens bei Ihrem Weihnachtseinkauf begegnet.«

Ein Nerv zuckte in der Wange des jungen Mannes. »Die Verkäuferin bei Macy's? Ihr Name ist Mercy? Was mich betrifft, hat die Frau sich nach all dem Ärger, den sie mir bereitet hat, für einiges zu verantworten.«

»Shirley war auch da, nur konntest du sie nicht sehen. Und Goodness genauso.«

Das Gespräch wurde unterbrochen, weil Zachs Telefon in seiner Tasche summte. Er seufzte frustriert.

»Was ist bloß mit den Leuten los? Wissen sie nicht, dass Heiligabend ist und die meisten Menschen die Zeit mit ihrer Familie verbringen?«

»Ich glaube, es wäre in Ihrem eigenen Interesse, wenn Sie den Anruf entgegennehmen«, riet ihm Mrs. Miracle.

Er warf einen Blick auf die Nummer und stieß vernehmlich den Atem aus. »Es ist Mary Swindoll, und sie ruft zum dritten Mal an. Ziemlich unverschämt.«

»Um Himmels willen«, schnappte Helen. »Geh endlich an dein verdammtes Telefon.«

Laurel war entsetzt. Ihre Großmutter hatte noch nie so barsch mit Zach oder mit ihr gesprochen.

»Schon gut, schon gut.«

Zach hielt sich das Telefon ans Ohr. »Ja, Mary«, sagte er. »Ich war bei unserem Weihnachtsgottesdienst in der Kirche. Ich habe Sie früher in der Woche angerufen, um …«

Er brach ab, sah zu Laurel hinüber, schluckte und blinzelte.

»Was ist?«, fragte sie.

»Jetzt?«, sagte Zach in das Telefon. »Heute Abend? Natürlich. Ja, ja, ich muss mit Laurel darüber sprechen.«

Mehr war nicht zu verstehen, selbst für Laurel nicht. Aufgeregt wandte sie sich an Mrs. Miracle.

»Wissen *Sie*, was los ist?«

»Dein Mann wird es dir in ein paar Minuten sagen«, sprang Nana ein und tätschelte den Ärmel von Laurels Wintermantel. »Alles ist gut. Du musst dir keine Sorgen machen. Überhaupt keine.«

Alle schienen zu wissen, was gerade passierte außer Laurel, die meinte, etwas von einem Krankenhaus gehört zu haben.

Inzwischen war der Parkplatz der Kirche fast leer, und die vier waren die Einzigen, die noch neben ihrem Auto standen. Endlich, nach einer scheinbaren Ewigkeit, ließ Zach das Telefon sinken und drehte sich zu Laurel um.

»Was gibt es?«, wollte sie wissen und schaute Zach an, in dessen Augen sich sein Herz widerspiegelte.

»Das war Mary Swindoll. Sie ist im Krankenhaus. Eine junge Mutter hat uns als Adoptiveltern für ihr Baby ausgesucht.«

Laurel schlug die Hände vors Gesicht. »Ein Baby, es gibt ein Baby für uns?«

»Die Entscheidung liegt bei dir, Laurel. Wie ich dir gesagt habe: Baby oder kein Baby, du bist alles an Familie, was ich brauche.«

»Natürlich wollen wir das Baby«, rief sie.

Zach drückte das Telefon wieder an sein Ohr: »Wir sind unterwegs.« Dann griff er nach Laurels Hand und fügte hinzu: »Die Mutter liegt in den Wehen und möchte, dass wir ins Krankenhaus kommen.«

»Aber wir sind auf ein Baby ja gar nicht vorbereitet.«

»Natürlich sind wir. Diese Babysachen von Jonathan, erinnerst du dich? Die Tüte, die wir einem Wohltätigkeitsverein spenden wollten?«

Mrs. Miracle trat vor und winkte, um ihre Aufmerksamkeit auf sich zu lenken.

»Ich glaube, euch bleibt reichlich Zeit, um alles zu besorgen, was ihr brauchen werdet, bevor ihr eure Tochter nach Hause holt.«

»Unsere Tochter?«, wiederholten Laurel und Zach wie aus einem Mund. »Woher wissen Sie, dass wir eine Tochter bekommen?«

»Meine Güte«, entfuhr es Nana. »Mrs. Miracle hat mir gleich am Tag ihrer Ankunft von dem Baby erzählt. Habe ich euch nicht gesagt, dass wir einen Engel im Haus haben? Einen echten? Und jetzt macht voran, ihr zwei, ab ins Krankenhaus.«

17. Kapitel

Gemeinsam brach das junge Paar zum Krankenhaus auf. Gemeinsam stürmten sie auf die Glastüren zu.

Laurel blieb verwirrt stehen, als sie den Empfangsbereich leer vorfand. Sie hatte keine Ahnung, wo sie hinmussten. Ihr Herz hämmerte gegen ihre Rippen. Das musste ein Traum sein. Bald würde sie aufwachen und feststellen, dass all dies lediglich ein Produkt ihrer Fantasie gewesen war.

»Dritter Stock! Zu den Aufzügen geht es hier entlang«, rief Zach, packte ihre Hand und zog sie mit einem solchen Ruck vorwärts, dass sie hinter ihm herstolperte.

Als sie die Fahrstühle erreichten, waren sie beide außer Atem. Der Aufzug schien sich unendlich langsam in Bewegung zu setzen, und die Türen brauchten endlos, bis sie sich öffneten.

Laurel legte eine Hand auf ihr wild rasendes Herz. »Ich kann immer noch kaum glauben, dass das wirklich passiert.«

Auf dem Gang im dritten Stock kam ihnen Mary Swindoll entgegen, die sie mit einem breiten Lächeln begrüßte. »Setzen wir uns eine Minute, und ich erkläre Ihnen alles«, sagte sie und führte sie zu einer Sitzecke.

»Zach, erinnern Sie sich, dass ich bei unserem Gespräch letzte Woche die Highschoolschülerin erwähnt habe, die sich entschlossen hat, ihr Baby zur Adoption freizugeben?«

Laurel, die nichts davon wusste, sah fragend ihren Mann an.

»Ich habe nach Babys gefragt, die adoptiert werden sollen, und Mary sagte mir, es gebe da einen Teenager, der von einer anderen Sozialarbeiterin betreut werde und die Adoptiveltern bereits ausgesucht habe. Allerdings scheint diese Familie Sie zu kennen, Laurel.«

»Das Mädchen und ihre Familie kennen mich?«, fragte sie.

»Offenbar«, bestätigte Mary. »Der Nachname lautet Bancroft.«

In Laurels Kopf lief ein Film ab. »Bella?«, flüsterte sie.

»Bella?«

»Sie war letztes Jahr in meiner ersten Klasse. Isabella Bancroft.«

»Und wie hängt das alles mit dir zusammen?«

»Es muss sich um ihre ältere Schwester handeln. Ich habe sie während des Schuljahrs kennengelernt. Ein kluges, hübsches Mädchen.«

»Sie haben recht, Laurel. Sie heißt Lizzy«, half Mary

nach. »Sie ist in der Oberstufe der Highschool, und Isabella ist ihre jüngste Schwester.«

Laurel drückte Zachs Hand. »Das erklärt eindeutig, was Bella an diesem Tag zu mir gesagt hat«, murmelte sie mehr zu sich selbst als an die anderen gerichtet.

Ihr Mann starrte sie verwirrt an.

»Bella sprach mich nach der Weihnachtsfeier in der Schule an. Sie schaute zu mir hoch und verkündete mit einem strahlenden Lächeln, dass ich eine gute Mutter abgeben würde.«

Die Tränen, die so dicht unter der Oberfläche gebrannt hatten, füllten jetzt Laurels Augen, und ihre Kehle war wie zugeschnürt.

Mary Swindoll räusperte sich. »Lizzys Eltern John und Abbie sind hier und möchten Sie gerne sehen. Ich wollte Sie erst allein treffen, um ein paar Dinge zu klären, bevor ich sie Ihnen vorstelle.« Als Laurel nickte, fuhr ihre Sozialarbeiterin fort. »Lizzy ist mit ihrer Mutter noch im Kreißsaal. Sie selbst hat die schwierige Entscheidung getroffen, dass sie in keiner Weise darauf vorbereitet ist, ein Kind großzuziehen. Der Vater des Babys, wie sie ein Teenager, hat seine elterlichen Rechte abgetreten, sobald er von Lizzys Schwangerschaft erfahren hat. Das hat die Familie dazu gebracht, über eine offene Adoption nachzudenken, die Lizzy helfen würde, besser mit dem Problem umzugehen.«

Die Einzelheiten fluteten über Laurel hinweg. Sie hörte alles, aber nichts fühlte sich real an. Sie kam sich vor, als würde sie in einem Traum leben. Erst als sie Lizzys Vater John Bancroft kennenlernte, schwand das Gefühl der Unwirklichkeit.

»Es tut uns leid, Sie in letzter Sekunde mit diesen Neuigkeiten zu überfallen«, hörte sie ihn sagen. »Wie Sie sich sicher vorstellen können, haben sich Lizzy, ihre Mutter und ich mit der Entscheidung nicht leichtgetan. Wir brauchten Zeit, um gründlich abzuwägen, welche Familie für das Baby die beste wäre.«

»Sie haben uns gezielt ausgesucht?«, flüsterte Laurel.

»Lizzy hat entschieden, dass Sie ihr Baby großziehen sollen. Sie kannte Sie durch ihre jüngere Schwester. Meine Frau war Elternsprecherin, und sie hat gesehen, wie gut Sie mit den Kindern umgehen konnten. Von daher dachten sie und Bella an Sie und schlugen es unserer Großen vor.«

Eine Krankenschwester erschien und informierte die Wartenden, dass die Geburt kurz bevorstehe.

»Die werdende Mutter möchte wissen, ob Sie gerne dabei wären. Einer von Ihnen, zusätzlich zu ihrer Mutter.«

»Geh du«, sagte Zach. »Geh du und begrüße unsere Tochter für mich in der Welt«, flüsterte er mit brechender Stimme.

Laurel nickte, bevor sie hinter der Schwester durch die Sicherheitstüren ging.

18. Kapitel

Nachdem Laurel und Zach sich auf den Weg zum Krankenhaus gemacht hatten, blieb Mrs. Miracle noch eine kurze Zeit bei Helen, die ganz euphorisch war.

»Das ist es«, sagte sie und versetzte ihrer Betreuerin einen sanften Klaps. »Meine Urenkelin wird geboren.«

»Sind Sie überrascht?«

»Warum sollte ich? Dem, was ich von Ihnen gehört habe, war zu entnehmen, dass es jeden Tag so weit sein konnte. Selbst am Weihnachtsabend.«

»Soll ich uns eine Tasse Tee machen, bevor Sie zu Bett gehen?«

»Das wäre schön.«

Helen setzte sich in ihren Sessel, schloss die Augen und flüsterte ein von Herzen kommendes Gebet, das mit der Bitte um die Sicherheit von Mutter und Kind begann und damit endete, dass sie der leiblichen Mutter und deren Familie wünschte, die richtige Entscheidung getroffen zu haben. Und besonders dankte sie Gott dafür, ihr einen speziellen Engel als Trösterin und Mutmacherin geschickt zu haben. Ihr Gebet endete schließlich mit der Bitte, lange genug zu leben, um sich noch eine Weile an ihrer Urenkelin zu freuen.

Ein paar Minuten später kam Mrs. Miracle mit zwei Teetassen zurück. »Vorsicht, er ist heiß«, warnte sie.

Helen umschloss die Tasse mit beiden Händen. Einen Moment lang schloss sie die Augen, erlebte noch einmal den Ausdruck auf dem Gesicht ihrer Enkelin, als Laurel von dem Baby erfahren hatte.

»Sie wussten die ganze Zeit, dass das Baby heute Abend geboren würde, nicht wahr?«, fragte sie ihren persönlichen Engel.

»Nicht genau«, stellte Mrs. Miracle klar. »Ich wusste lediglich, dass es eher früher als später der Fall sein würde.«

»Jedenfalls ist der Heilige Abend perfekt.«

Ihre Freundin legte die Füße auf den Schemel und schlug sie übereinander. »Ich hätte es nicht besser planen können«, befand sie mit einem selbstzufriedenen Lächeln.

Nana lehnte sich in dem Sessel zurück und dachte über Pastor Warrens Botschaft bezüglich der Engel nach, die die Hirten besuchten.

»Der Weihnachtsgottesdienst war himmlisch«, bemerkte sie an Mrs. Miracle gewandt, die augenzwinkernd antwortete: »Habe ich Ihnen nicht gesagt, es würde engelsgleich sein?«

»Ja, das haben Sie in der Tat, trotzdem hätte ich noch eine Frage. Ich hörte Zach sagen, dass eine der

Chorsängerinnen die Frau gewesen sei, die ihm all die günstigen Babysachen verkauft hat. Das muss Mercy gewesen sein. Und die Glocken, die ich gehört habe? Kamen da Shirley und Goodness ins Spiel, damit sie den Chor verstärkten?«

»Ja nun, meine drei Freunde sind dafür bekannt, die Regeln zu verdrehen. Gabriel macht sie für jedes graue Haar auf seinem Kopf verantwortlich.«

»Engel können graue Haare bekommen?«

»Gabriel ganz sicher«, erwiderte Mrs. Miracle. »Dank Shirley, Goodness und Mercy.«

Helen saß da und grübelte über all das nach, was inzwischen geschehen war.

»Irgendwie verstehe ich nicht, dass Laurel immer noch nicht glaubt, dass Gott Sie geschickt hat, zumal jetzt alles so klar erscheint.«

Mrs. Miracle wiegte den Kopf. »Manchmal brauchen Menschen etwas ganz Besonderes, das ihnen die Augen öffnet.«

»Wie meinen Sie das?«

»Einmal arbeitete Mercy mit einem Pastor, dessen Frau gestorben war. Mit ihrem Tod hatte er seinen Glauben verloren. Er war wütend auf Gott und nicht bereit, seine Gefühle zu verbergen. Mercy wollte unbedingt zu ihm durchdringen, und daher musste sie sich die Regeln zurechtbiegen.«

»Wie das?«

»Er war in der Kirche, bereitete sich auf den Sonntagsgottesdienst vor und folgte seiner üblichen Routine, als Mercy ihm gegen alle Regeln in voller Pracht erschien. Sie trug ihr schimmerndes goldenes Gewand, breitete ihre fedrigen Flügel aus und hielt als vollkommene Verkörperung von Gottes Liebe und Schutz die Arme über ihn.«

»Was passierte dann?«

»Er bemerkte sie nicht.«

»Was?« Nana konnte es nicht glauben.

»Nein, er ging direkt an ihr vorbei, ohne etwas von dem mitzubekommen, was sich direkt vor seinen Augen abspielte.« Als sie Helens Unverständnis sah, setzte sie zu einer weiteren Erklärung an. »Tatsächlich ist das gar nicht so ungewöhnlich. Schauen Sie Ihre Enkelin und ihren Mann an. Oder diesen Pastor. Er war so in seiner Trauer versunken, dass er nicht willens und in der Lage war, Gottes Liebe zu erkennen.«

»Hat er seinen Glauben je wiedergefunden?«

Ein langsames Lächeln breitete sich auf Mrs. Miracles Gesicht aus. »O ja, und danach war sein Glaube stärker denn je. Er hat schließlich sogar ein Buch darüber geschrieben, es wurde ein Bestseller. Ich glaube, es steht auf dem Regal in Ihrem Zimmer. Meines Wissens nach haben Sie es nach Roberts Tod gelesen.«

Helen staunte. Wie klein die Welt sein konnte, und wie groß der Himmel sein musste.

Stumm tranken sie ihren Tee, bis Helen eine neue Frage einfiel.

»Erzählen Sie mir von der leiblichen Mutter des Babys.«

»Lizzy Bancroft. Sie ist ein reizender Teenager, der in den letzten Monaten durch mehr Tiefen als Höhen gegangen ist. Sie wird sich mithilfe ihrer Eltern erholen und ihr Leben weiterleben. Sie plant den Besuch eines College nach ihrem Schulabschluss im Sommer.«

»Wird sie weitere Kinder haben?«

»O ja. Sie will Krankenschwester werden und wird nach dem Examen einen Mann aus der Branche heiraten. Zehn Jahre von heute an gerechnet wird sie meiner Überzeugung nach dann Mutter von Zwillingen werden, einem Jungen und einem Mädchen.« Mrs. Miracle trank ihren Tee aus und stellte die Tasse beiseite. »Mit dieser Familie hier wird sie zusätzlich in Verbindung bleiben, ebenso wie ihre Eltern, die ein zusätzliches Großelternpaar für das kleine Mädchen sein werden.«

Helens Engel trug seine Tasse in die Küche. »Für mich wird es Zeit zu gehen, so gerne ich noch bleiben würde, aber Gabriel wartet mit einem neuen Auftrag auf mich.«

Helen fand keine Worte, um ihr angemessen zu danken. Keine Worte, um auszudrücken, wie viel diese letzten Wochen ihr bedeutet hatten. Sie war gesegnet worden mit dieser Frau.

Mit diesem Engel, der sie zum Abschied umarmte.

Als sie zu Bett ging und den Kopf auf das Kissen

legte, dachte sie bei sich, wie viele Menschen von sich behaupten konnten, von einem Engel auf diese Weise geliebt worden zu sein.

In den frühen Morgenstunden des ersten Weihnachtstags hörte Helen Laurel und Zach nach Hause kommen und konnte es kaum erwarten, Einzelheiten über die Geburt ihrer Urenkelin zu erfahren.

»Nana.« Laurel erschien auf der Schwelle von Helens Schlafzimmer. »Haben wir dich geweckt?«

»Nein, nein. Ich habe auf euch gewartet. Erzähl mir alles.«

Die junge Mutter setzte sich auf die Bettkante und nahm die Hand ihrer Großmutter, während sie von den Ereignissen der Nacht berichtete.

»Das Wichtigste ist, ich war im Kreißsaal, als das Baby geboren wurde. Sie haben es zuerst Lizzy gegeben, die küsste es auf die Stirn und reichte es mir.«

»O Laurel.« Freudentränen schimmerten in Helens Augen.

»Nana, ich schwöre, dass das Baby die Augen öffnete und mir direkt ins Herz blickte. Es war, als wüsste es, dass ich seine Mama sein werde«, sagte Laurel mit bewegter und sichtlich gerührter Stimme. »Als Nächstes wurde die Kleine auf die Säuglingsstation gebracht, wo sie untersucht und angezogen wurde.« Die Augen der Adoptivmutter glühten vor Stolz. »Sie wiegt fast dreitausend Gramm und ist achtundvierzig Zentimeter groß. Und im Gegensatz zu manchen Neugeborenen ist sie schön, einfach bildschön. Ein Bilderbuchbaby zum Verlieben.«

»Habt ihr bereits einen Namen ausgesucht?«

»Ein Mädchenname stand seit Langem fest. Helena Joy.«

»Helena Joy«, flüsterte die frischgebackene Urgroßmutter. »Ihr habt sie nach mir genannt?«

»Ja, Nana. Nach dir und wegen all der Freude, die sie uns geschenkt hat. Ich könnte mir keinen besseren Namen für unsere Tochter vorstellen. Und ich hoffe, dass sie zu einer Frau heranwächst, die sich deiner würdig erweist.«

»O Laurel, ich weiß kaum, was ich sagen soll.« Helen zog ihre Enkelin in die Arme und hielt sie eine Weile fest. »Du glaubst jetzt selbst, dass Mrs. Miracle ein Engel ist, nicht wahr?«

»Ich werde es glauben, weil du es glaubst.«

Zach betrat das Zimmer. »Worüber redet ihr beide?«

»Über Engel. Erst habe ich Grandma alles über unser neues kleines Mädchen erzählt und dann über die Rolle von Mrs. Miracle. Nana glaubt nach wie vor, dass sie ein Engel ist, den Gott uns geschickt hat.«

»Vor vielen Jahren habe ich in der Sonntagsschule etwas gelernt«, erklärte Zach. »Die Heilige Schrift sagt, wir müssen die Augen offen halten. Weil wir zufällig himmlischen Wesen begegnen könnten, ohne je zu erkennen, wer oder was sie sind.«

»Und das glaubst du ernsthaft?«

»Ja.«

»Also gut, wenn ihr beide überzeugt seid, dass Mrs. Miracle Gottes zu uns allen gesandter Bote war, dann werde ich das akzeptieren.«

»Wenn du Helena Joy zu Hause hast, wirst du das.« Helen griff nach der Hand ihrer Enkelin. »Gott hat dieses Baby einzig und allein für dich eingeplant, und Mrs. Miracle war hier, um euch darauf vorzubereiten, es in eurem Heim und euren Herzen willkommen zu heißen.«

In diesem Punkt hatte ihre Großmutter recht. Die kleine Helena Joy besaß längst einen festen Platz in ihren Herzen.

Am nächsten Morgen, am ersten Weihnachtstag, erfüllte sich der Wunsch, für den sie gebetet hatten. Sie durften ihren kleinen Engel nach Hause holen. Die Urgroßmama wickelte Helena Joy in die weiche Decke, die sie liebevoll in Vorfreude auf die Geburt des Babys gestrickt hatte. Und als sie den Kopf der Kleinen küsste, meinte sie irgendwo in der Ferne melodische Glockenklänge zu hören.

Epilog

Fünf Jahre später

»Helena Joy, lächle für deine Mama«, drängte Laurel.

Ihre Tochter stand kerzengerade in ihrem hübschen roten Kleid vor dem Weihnachtsbaum und starrte widerwillig in die Kamera. Bobby, ihr einjähriger Bruder, watschelte auf den Baum zu, um nach der silbernen Girlande zu greifen, und wurde gerade noch von seinem Vater aufgefangen.

»Komm her, Süße«, bat Zach gleichzeitig seine Tochter. »Du weißt, wie gerne deine Mama jedes Jahr zu Weihnachten ein Foto von dir vor dem Christbaum möchte. Also mach mit.«

Helena Joy bedeckte ihren Mund. »Ich will ohne Schneidezähne nicht lächeln.«

»Wünschst du dir zu Weihnachten vielleicht neue?«, neckte ihr Vater sie.

»Nein, ich möchte lieber nach Disneyland fahren.«

Laurel ließ die Kamera sinken. »Wir müssen abwarten und sehen, was Santa bringt. Wer weiß, vielleicht wird dein Wunsch ja erfüllt.«

Die Augen ihrer Tochter wurden rund. »Wirklich?«

Laurel machte das Foto und griff nach Bobby. »Komm, Kleiner, Zeit für deinen Mittagsschlaf«, sagte sie und küsste sein pummeliges Gesicht, als er in ihren Armen zappelte.

»Ich bin zu alt für Mittagsschläfchen«, stellte Helena Joy stolz fest. »Schulkinder tun das nicht.«

»Kannst du deiner Mama helfen und dich zusammen mit deinem Bruder hinlegen? Er mag es, wenn du bei ihm im Zimmer bist.«

Die Kleine stöhnte und verdrehte die Augen.

»Nur heute«, bat Laurel. »Du kannst ebenfalls eine Ruhepause gebrauchen nach all den Aufregungen.«

»Okay, dann ist Santa vielleicht besonders dankbar bei meinen Geschenken.«

»Lieb von dir, Süße. Du bist deiner Mama eine große Hilfe. Und bevor wirs uns versehen, ist Bobby ebenfalls zu alt für Mittagsschläfchen.«

Laurel küsste ihren Adoptivsohn auf den Kopf. Er war als Neugeborener in das Pflegekindprogramm gekommen, und sie waren ein weiteres emotionales Risiko eingegangen, denn beide Elternteile hätten jederzeit Anspruch auf das Kind erheben können, sobald sie nicht mehr drogen- und alkoholabhängig waren. Es bedurfte Mut, nach Jonathan einen weiteren, ähnlichen Verlust zu riskieren. Doch zu ihrem Glück traten die Eltern innerhalb von zehn Monaten ihre Rechte an dem Jungen vollständig ab.

Zach blieb noch eine Weile bei den Kindern und schaute mit ihnen ein Bilderbuch an, während Laurel in der Küche den Teig für Lebkuchenplätzchen knetete.

»Du wirst nicht glauben, was gerade passiert ist«, sagte er, als er zu ihr herunterkam.

»Was werde ich nicht glauben?«

Er schüttelte den Kopf, und sie sah ihm an, dass er zögerte. Er wusste nicht, wie er das, was er sagen wollte, erklären sollte.

»Gerade als ich den Kindern vorgelesen habe …«

»Ja?«

»Du wirst denken, ich bilde mir etwas ein.«

»Nein, du bist nicht der Typ Mann, der zu Wahnvorstellungen neigt. Rede schon.«

»Ich hatte das merkwürdige Gefühl, als würde jemand neben mir stehen, aber da war niemand. Und mit einem Mal wusste ich, wer es war. Laurel, ich bin ganz sicher, dass deine Großmutter neben mir gestanden und über unsere Kleinen gewacht hat.«

»Nana?«

Laurel traten augenblicklich die Tränen in die Augen. Von dem Moment an, wo sie und Zach das Baby aus dem Krankenhaus nach Hause gebracht hatten, hatte Helen nichts lieber getan, als das schlafende Kind in den Armen zu wiegen. Leider hatte sich der Gesundheitszustand ihrer Großmutter kurz darauf ständig verschlechtert, bis sie drei Jahre später einen friedlichen Übergang von der Erde in den Himmel erlebte. Ihr Herz hatte nicht mehr mitgespielt.

»Ich weiß, es klingt verrückt«, murmelte Zach.

»Nein, gar nicht. Du weißt, wie sehr wir an diese Dinge glauben, seit Mrs. Miracle und Nana sie uns nahegebracht haben. Ich habe es dir nie erzählt …« Laurel hatte Mühe, gegen ihren Gefühlsaufruhr anzukämpfen. »An dem Tag, an dem wir Bobby nach Hause geholt haben, ist mir Ähnliches passiert. Es war, als wäre sie hier im Zimmer. Ich wollte es dir sagen, nur wusste ich nicht, wie ich es erklären, wie ich es in Worte fassen sollte. Vermutlich hatte ich Angst, dass du mich für übertrieben sentimental halten oder einfach denken würdest, ich verliere den Verstand.«

Zach drückte sie wortlos an sich und kehrte in das andere Zimmer zurück, um selbst damit fertigzuwerden, während Laurel noch Selbstgespräche mit den Frauen führte, die für ihr Leben so wichtig gewesen waren.

»Ich vermisse dich mehr, als Worte es sagen könnten, Nana«, flüsterte sie und schloss die Augen. »Und Mrs. Miracle, wenn Sie zuhören, hoffe ich, dass Sie sich mit meiner Großmutter eine Tasse Tee schmecken lassen.«

Als sie sich daraufhin wieder der Schüssel mit dem Plätzchenteig widmete, war sie für den Bruchteil einer Sekunde überzeugt, ein leises Kichern in der Ferne zu hören: das Lachen ihrer Nana und das von Mrs. Miracle.

Leseprobe aus

Winterglück

von Debbie Macomber

1. Kapitel

Letzte Nacht träumte ich von Paul.

Meine Gedanken kreisen zwar fast ständig um ihn, und kein Tag vergeht, an dem er nicht bei mir ist, aber bis jetzt ist er mir noch nie im Traum erschienen. Vermutlich liegt eine gewisse Ironie darin, dass er mir nachts fernbleibt, denn sobald ich die Augen schließe, male ich mir aus, wie es sich anfühlen würde, von seinen Armen gehalten zu werden. Und bevor ich in den Schlaf hinübergleite, stelle ich mir vor, dass mein Kopf an seiner Schulter ruht. Doch ich werde nie wieder die Gelegenheit bekommen, mit meinem Mann zusammen zu sein.

In diesem Leben nicht mehr.

Falls ich vorher schon einmal von Paul geträumt haben sollte, waren diese Träume beim Erwachen bereits vergessen. Diesmal jedoch blieb jede Einzelheit in meinem Gedächtnis haften und erfüllte mich gleichermaßen mit Trauer und Freude.

Als ich erfuhr, dass Paul ums Leben gekommen war, überwältigte mich der Schmerz so vollkommen, dass ich daran zu zerbrechen glaubte. Aber das Leben ging weiter, und so schleppte ich mich von einem Tag zum nächsten, bis ich irgendwann feststellte, dass ich wieder normal atmen konnte.

Jetzt bin ich in meinem neuen Zuhause, einem hübschen Bed & Breakfast in einer malerischen Küstenstadt namens Cedar Cove, die auf der Kitsap-Halbinsel liegt. Nicht weit entfernt von Seattle im Bundesstaat Washington. Vor weniger als einem Monat habe ich die Pension gekauft und sie Rose Harbor Inn genannt.

»Rose« nach Paul Rose, mit dem ich nur ein paar Monate verheiratet war – jenem Mann, den ich immer lieben und um den ich für den Rest meines Lebens trauern werde. Und »Harbor«, weil das Haus für mich ein Hafen ist, in dem ich vor Anker gegangen bin. Ich erhoffe mir von diesem Ort Linderung meines Kummers über den erlittenen Verlust und Frieden, nachdem die Stürme des Lebens mich unbarmherzig gebeutelt haben.

Wie melodramatisch das klingt, und dennoch scheint es mir angemessen. Obwohl ich am Leben bin und normal funktioniere, fühle ich mich manchmal, als wäre ich halb tot. Paul würde es hassen, mich so reden zu hören, und doch entspricht es der Wahrheit. Ich bin im letzten April mit ihm an irgendeinem Berghang in einem Land am anderen Ende der Welt gestorben, wo er für die Sicherheit unserer Nation kämpfte.

Das Leben, wie ich es bis dahin kannte, war von einer Minute auf die nächste vorüber, und die Zukunft, die ich mir erträumt hatte, wurde mir gestohlen.

Ich erhielt jede Menge gut gemeinte Ratschläge, wie man sie Trauernden zu geben pflegt. Ich solle ein Jahr warten, bevor ich folgenschwere Entscheidungen treffe, rieten meine Freunde. Sie warnten, ich würde es bereuen, wenn ich meinen Job kündigte und meine Heimatstadt Seattle verließ, um woanders Vergessen zu suchen.

Sie verstanden nicht, dass ich keinen Trost im Vertrauten und in der Alltagsroutine fand. Trotzdem verschob ich ihnen zuliebe meine Pläne und harrte sechs Monate aus. Während dieser Zeit besserte sich meine seelische Verfassung nicht, und der Wunsch, fortzugehen und noch einmal von vorn anzufangen, wurde immer mächtiger. Meine Überzeugung, nur so Frieden finden und den furchtbaren Schmerz in meinem Innern betäuben zu können, verfestigte sich zur Gewissheit.

Entschlossen startete ich meine Suche nach einem neuen Leben, informierte mich im Internet über eine Reihe von Orten in allen möglichen Gegenden der Vereinigten Staaten. Um zu meiner Überraschung das, was ich mir vorgestellt hatte, sozusagen direkt vor der Haustür zu finden.

Cedar Cove liegt gegenüber von Seattle auf der anderen Seite des Pudget Sound und in der Nähe von Bremerton, wo sich ein Marinestützpunkt und eine Marinewerft befinden. Die kleine Stadt selbst hat eine Marina für Segel- und Motorboote und einen Jachtclub. Als ich das Inserat entdeckte, mit dem eine bezaubernde kleine Pension zum Verkauf angeboten wurde, begann mein Herz zu rasen. Ich und ein Bed & Breakfast?

Nie wäre mir je zuvor der Gedanke gekommen, ein wie auch immer geartetes Geschäft zu übernehmen, aber ich erkannte instinktiv, dass es genau das war, was ich brauchte und mir Ablenkung verschaffte. Hinzu kam als zusätzlicher Anreiz, dass ich schon immer gern Gäste bewirtet hatte.

Das Haus mit der rundherum verlaufenden Veranda war bezaubernd und der Blick über die ganze Bucht einfach atemberaubend. In einem anderen Leben hätte ich mir vorgestellt, wie Paul und ich nach dem Abendessen auf der Veranda säßen, Kaffee trinken und über unseren Tag und unsere Träume sprechen würden. Das ins Internet gestellte Foto musste von einem Profi aufgenommen worden sein, dachte ich, denn kein einziger Mangel ließ sich erkennen.

Konnte etwas überhaupt dermaßen vollkommen sein?

Ja, es war möglich.

Als ich nämlich wenige Tage später mit Jody McNeal,

der Maklerin, in die Auffahrt einbog, zog mich der Charme des Hauses sofort in den Bann. Mit dem Licht, das durch die großen, auf die Bucht hinausgehenden Fenster eindrang, war dieses B & B der perfekte Ort, um ein neues Leben zu beginnen. Ich fühlte mich hier auf Anhieb wie zu Hause.

Auch bei meinem Rundgang, den ich mit Jody absolvierte, blieben keine Fragen offen. Ich war dazu bestimmt, diese Pension zu besitzen – es war, als hätte sie die ganze Zeit nur auf mich gewartet. Acht Gästezimmer verteilten sich über den ersten und zweiten Stock, und im Erdgeschoss befanden sich eine große, modern ausgestattete Küche und daneben ein geräumiger Speise- und Aufenthaltsraum. Unterhalb des Hauses verlief die Harbor Street, die sich, zu beiden Seiten von Geschäften gesäumt, durch den Ort wand. Ich spürte den Reiz dieses Städtchens schon, bevor ich Gelegenheit bekam, die Umgebung zu erkunden.

Was mich indes am meisten anzog, war die Aura von Frieden, die diesen Ort einhüllte. Der nagende Kummer, der mich ständig begleitete, schien nachzulassen, der Schmerz, der mich all diese Monate gepeinigt hatte, erträglich zu werden. Unvermittelt empfand ich eine heitere Ruhe, einen stillen Seelenfrieden, der sich schwer beschreiben lässt.

Trotzdem konnte ich nicht verhindern, dass die Erinnerungen mich erneut überwältigten und meine

Augen sich mit Tränen füllten, als wir den Rundgang beendeten. Zum Glück ignorierte die Maklerin den Gefühlsaufruhr, mit dem ich zu kämpfen hatte.

»Was halten Sie davon?«, fragte Jody stattdessen erwartungsvoll.

Ich hatte während der gesamten Besichtigung weder ein Wort gesagt noch eine Frage gestellt.

»Ich nehme das Haus.«

Jody beugte sich vor, als hätte sie mich nicht richtig verstanden. »Wie bitte?«

»Nun, ich werde Ihnen ein Angebot machen«, sagte ich entschlossen und mit fester Stimme, denn zu diesem Zeitpunkt gab es für mich keine Zweifel mehr.

Der geforderte Preis war zudem fair – ich war bereit, den Schritt zu wagen.

Die Maklerin ließ fast den Schnellhefter mit den detaillierten Informationen fallen.

»Möchten Sie nicht erst darüber nachdenken?«, schlug sie vor. »Das ist immerhin eine bedeutende Entscheidung, Jo Marie. Verstehen Sie mich nicht falsch: Natürlich bin ich sehr an einem Abschluss interessiert – nur hatte ich noch nie einen Kunden, der eine so wichtige Entscheidung dermaßen … schnell getroffen hat.«

»Ich schlafe darüber, wenn es Sie beruhigt, aber eigentlich bin ich mir meiner Sache ganz sicher. Diese Pension ist genau das, wonach ich suche.«

Sobald meine Familie erfuhr, dass ich meinen Job bei der Columbia-Bank kündigen und ein B&B kaufen wollte, versuchten alle, mir diesen Plan auszureden. Vor allem mein Bruder Todd, ein Ingenieur. Ich hätte mich immerhin bis zur stellvertretenden Filialleiterin hochgearbeitet, argumentierte er, und würde eine vielversprechende Karriere wegwerfen. Er spielte darauf an, dass irgendwann meine Beförderung zur Geschäftsführerin anstand. Schließlich war ich seit fast fünfzehn Jahren bei der Bank, hatte mich als gute, zuverlässige Angestellte bewährt, und dementsprechend rosig sahen meine Aufstiegschancen aus.

Wie auch die anderen in meiner Umgebung begriff mein Bruder nicht, dass mein altes Leben ebenso endgültig vorbei war wie die Zukunft, die ich mir gewünscht und ausgemalt hatte. Nichts würde mehr so sein wie früher. Ich konnte damit nur abschließen, indem ich ganz neu anfing.

Am nächsten Tag gab ich ein Gebot ab, ohne auch nur einen Moment lang an der Richtigkeit meiner Entscheidung zu zweifeln. Die Frelingers, so der Name der bisherigen Eigentümer, akzeptierten umstandslos, und wenige Wochen später, kurz vor den Ferien, trafen wir uns, um den ganzen lästigen Papierkram zu erledigen. Ich überreichte ihnen einen Bankscheck und erhielt im Gegenzug die Schlüssel. Gäste wurden keine mehr erwartet, da die Vorbesitzer die letzten Dezemberwochen bei ihren Kindern verbringen wollten und keine Reservierungen mehr entgegengenommen hatten.

Nachdem alles geregelt und umgeschrieben war, machte ich noch einen Abstecher zum Gericht und beantragte eine Änderung des Namens in Rose Harbor Inn. Dann kehrte ich nach Seattle zurück und reichte am nächsten Tag bei der Bank meine Kündigung ein.

Die Weihnachtsferien verbrachte ich damit, mein Apartment auszuräumen und den Umzug auf die andere Seite des Sunds vorzubereiten. Obwohl ich nur ein paar Meilen wegzog, hätte es das andere Ende des Landes sein können. Cedar Cove war in der Tat eine andere Welt – ein idyllischer, entlegener Ort fernab der Großstadthektik.

Erwartungsgemäß reagierten meine Eltern enttäuscht, weil ich sie dieses Jahr nicht nach Hawaii begleiten würde, eine alte Familientradition für die Weihnachtsferien. Aber ich hatte mit dem Umzug viel zu tun, musste meine und Pauls Sachen durchsehen und die Möbel verkaufen. Mir war es nur recht, dass ich nicht wusste, wo mir der Kopf stand, denn die Arbeit lenkte mich von der bedrückenden Aussicht auf ein Weihnachtsfest ohne Paul ab.

Am Montag nach Neujahr zog ich offiziell in das Haus ein. Da die Pension mit der kompletten Einrichtung verkauft worden war, nahm ich nur ein paar Erbstücke, die meiner Großmutter gehört hatten, und meine persönliche Habe mit. Somit dauerte das Auspacken nur ein paar Stunden. Ich richtete mich in dem großen Raum ein, den schon die Frelingers als kombiniertes Wohn-/Schlafzimmer bewohnt hatten. Er verfügte über einen Kamin mit einem Sofa davor und einer kleinen Fensternische mit Sitzbank, von der aus man die Bucht überblicken konnte. Besonders gut gefiel mir die Tapete, auf der weiße und lavendelfarbene Hortensien prangten.

Als sich die Nacht herabsenkte, war ich erschöpft. Und als um acht der Regen gegen die Fenster trommelte und der Wind durch die hohen immergrünen Sträucher pfiff, die eine Seite des Grundstücks begrenzten, zog ich mich in mein neues Reich im ersten Stock zurück, das mir jetzt angesichts des unwirtlichen Wetters mit dem prasselnden Feuer im Kamin noch gemütlicher vorkam. Ich empfand überhaupt kein Gefühl der Fremdheit, wie es sich in einer neuen Umgebung sonst oft einstellt – es war, als sei ich dort immer schon zu Hause gewesen.

Die frisch gestärkte Wäsche knisterte, als ich ins Bett kroch. Vermutlich bin ich rasch eingeschlafen, ich weiß es nicht. Erinnern kann ich mich nur klar und deutlich an diesen allzu real anmutenden Traum von Paul.

In der Therapie zur Bewältigung meiner Trauer hatte ich gelernt, dass Träume wichtig für den Heilungsprozess sind, wobei es zwei verschiedene Arten gibt. In erster Linie und wahrscheinlich am häufigsten handelt es sich um Träume, in denen der verstorbene Mensch wieder zum Leben erwacht.

Daneben gibt es die sogenannten Besuchsträume, in denen der oder die Verstorbene die Kluft zwischen Leben und Tod überwindet, um denjenigen zu besuchen, der trauernd zurückgeblieben ist. Im Traum kommt er, um die Lebenden zu trösten. Und um ihnen zu versichern, dass er oder sie glücklich ist und Frieden gefunden hat.

Vor acht Monaten bekam ich die Nachricht, dass Paul bei einem Hubschrauberabsturz umgekommen war. Am Hindukusch, jener Bergkette, die sich durch Afghanistan bis nach Nordpakistan erstreckt. Die Militärmaschine war von Al Kaida oder den mit ihnen verbündeten Taliban abgeschossen worden; Paul und fünf andere Airborne-Ranger waren vermutlich sofort tot. Allerdings machte es die unwegsame Gegend unmöglich, die Leichen zu bergen. Dass er tot sein sollte, war schon unfassbar genug, aber ihn nicht einmal beerdigen zu können – das ging beinahe über meine Kräfte.

Noch tagelang nach der offiziellen Mitteilung der Army redete ich mir ein, dass Paul vielleicht überlebt hatte, dass er sich irgendwie durchschlagen und einen Weg zurück zu mir finden würde. Luftaufnahmen von der Absturzstelle nahmen mir bald das letzte Fünkchen Hoffnung, denn sie belegten eindeutig, dass niemand diesen Anschlag lebend überstanden haben konnte.

Es wurde zur unausweichlichen Gewissheit: Der Mann, den ich geliebt und geheiratet hatte, kam nie mehr zu mir zurück. Als die Wochen und Monate verstrichen, fand ich mich allmählich damit ab – es jedoch innerlich zu akzeptieren, das vermochte ich nie.

Ich hatte so lange auf die große Liebe warten müssen. Die meisten meiner Freundinnen heirateten mit Mitte zwanzig und hatten mit Mitte dreißig ihre Familie komplett. So war ich zwar sechsfache Patin, blieb aber selbst Single. Ich führte ein abwechslungsreiches Leben und war erfolgreich im Beruf. Irgendwie verspürte ich gar nicht den Wunsch, unbedingt zu heiraten. Deshalb ignorierte ich auch die Mahnungen meiner Mutter, mir endlich einen netten, seriösen Mann zu suchen und aufzuhören, an allen herumzumäkeln. Obwohl ich viele Dates hatte, war nie einer darunter, den ich ein Leben lang lieben zu können glaubte.

Bis ich Paul Rose traf.

Da ich siebenunddreißig Jahre gebraucht hatte, um meinen Traumpartner zu finden, rechnete ich nach seinem Tod nicht damit, ein zweites Mal ein solches Glück zu haben. Und eigentlich wollte ich das auch nicht. Paul war alles gewesen, was ich mir von einem Mann erhoffen konnte, und so viel mehr.

Wir hatten uns bei einem Spiel der Seahawks kennengelernt. Ich hatte von der Bank Karten bekommen und einen wichtigen Kunden und seine Frau mitgenommen. Als wir unsere Plätze einnahmen, bemerkte ich zwei Männer mit militärisch kurz geschorenen Haaren, die neben uns saßen. Im Verlauf des Spiels stellte Paul sich und seinen Kameraden vor und begann ein Gespräch. Er erzählte mir, dass er in Fort Lewis stationiert und ein absoluter Footballfan sei. Genau wie ich und meine Eltern, die glühende Anhänger der Seahawks waren. Während meiner Jugend in Spokane saß ich jeden Sonntag nach der Kirche mit ihnen und meinem Bruder Todd vor dem Fernseher, um mir die Auswärtsspiele meiner Lieblingsmannschaft anzusehen.

Nach dem Match lud Paul mich zu einem Bier ein, und danach sahen wir uns fast jeden Tag. Schnell fanden wir heraus, dass uns nicht nur die Liebe zum Football verband: Wir vertraten dieselben politischen Ansichten, lasen dieselben Autoren, liebten italienisches Essen und waren süchtig nach Sudokus. Wir konnten stundenlang reden und taten es auch. Zwei Monate nachdem wir uns das erste Mal begegnet waren, musste er nach Deutschland, aber die Trennung trug nicht dazu bei, dass unsere Beziehung sich abkühlte. Im Gegenteil: Es verging kein Tag, an dem wir nicht auf irgendeine Weise in Kontakt standen – wir schickten uns E-Mails und SMS, kommunizierten via Skype oder twitterten und nutzten jedes andere Mittel, um in Verbindung zu bleiben. Ja, wir schrieben uns sogar richtige Briefe, die wir per Luftpost schickten.

Wenn früher Leute behauptet hatten, sie seien von der Liebe wie vom Blitz getroffen worden, dann pflegte ich spöttisch und überheblich zu lachen. Albern. Gut, ich will nicht sagen, dass es bei Paul und mir diese berühmte Liebe auf den ersten Blick war, doch es kam dem verdammt nah. Bereits eine Woche nach unserem Kennenlernen wusste ich, dass er der Mann war, den ich heiraten würde. Und ihm ging es ähnlich, bloß dass er angeblich nur ein einziges Date brauchte, um das zu merken.

Ich gebe es zu, die Liebe veränderte mich. Nie hätte ich mir träumen lassen, jemals so glücklich zu sein, und jedem in meiner Umgebung fiel diese Veränderung auf.

Letztes Jahr in der Weihnachtszeit kehrte Paul auf Urlaub nach Seattle zurück und bat mich, seine Frau zu werden, sprach sogar zuerst ganz altmodisch mit meinen Eltern. Wir waren bis über beide Ohren verliebt. Ich hatte lange darauf gewartet, diesen einen

Mann zu finden, und als ich ihm mein Herz schenkte, war es für immer.

Direkt nach unserer Hochzeit im Januar wurde Paul nach Afghanistan abkommandiert, und als sein Hubschrauber am siebenundzwanzigsten April abstürzte, fiel meine Welt in Scherben. Ich war nicht vorbereitet auf diese Art von Schmerz und konnte zunächst gar nicht damit umgehen. Meine Mutter riet mir deshalb zu einer Therapie. Verzweifelt und hoffnungslos willigte ich ein, an den Gruppensitzungen teilzunehmen. Am Ende war ich froh darüber, denn ein wenig halfen sie mir, wieder Boden unter die Füße zu kriegen.

Und ich lernte dort meine Träume zu verstehen.

In jener ersten Nacht in Cedar Cove, als mir Paul erschien, sah ich ihn in voller Militärausrüstung vor mir stehen. Im Gegensatz zu dem, was der Therapeut über Besuchsträume erläutert hatte, versicherte Paul mir nicht, dass er seinen Frieden gefunden habe. Er war bloß von einem so hellen Licht umgeben, dass es fast unmöglich war hinzuschauen. Trotzdem vermochte ich den Blick nicht von ihm abzuwenden.

Am liebsten wäre ich auf ihn zugestürzt, unterließ es aber aus Angst, er könnte verschwinden, sobald ich mich bewegte. Der Gedanke, ihn erneut zu verlieren, war zu schrecklich – selbst wenn er nur eine Erscheinung war.

Lange Zeit schwieg er. Ich auch, denn ich wusste nicht, was ich sagen sollte. Doch meine Augen füllten sich mit Tränen, und ich schlug eine Hand vor den Mund, um einen Schrei zu unterdrücken.

Dann kam er zu mir, nahm mich in die Arme, drückte mich an sich und strich mit der Hand über meinen Kopf, um mich zu trösten. Ich klammerte mich an ihn; wollte ihn nicht gehen lassen. Wieder und wieder flüsterte er leise, zärtliche Worte.

Als sich der Kloß in meiner Kehle löste, sah ich zu ihm auf, und unsere Blicke trafen sich. Er kam mir so wirklich vor, als sei er noch am Leben und gerade nach einer langen Trennung zurückgekommen. Es gab so vieles, was ich ihm sagen, so viele Erklärungen, die ich von ihm hören wollte.

Warum er etwa eine so hohe Lebensversicherung zu meinen Gunsten abgeschlossen hatte. Anfangs war ich schockiert gewesen, als ich davon erfuhr, und zögerte, eine derart große Summe anzunehmen. Stand das Geld nicht eher seiner Familie zu? Aber seine Mutter war tot, und der Vater lebte mit seiner zweiten Frau in Australien. Sie hatten sich nie besonders nahegestanden. Der Anwalt erklärte überdies, Paul habe ihm bezüglich der Versicherung unmissverständliche Anweisungen erteilt.

In meinem Traum wollte ich Paul erzählen, dass ich mit dem Geld diese Pension gekauft und nach ihm benannt hatte. Und dass ich einen Rosengarten mit einer Bank und einem Laubengang anlegen wollte. Eigenartigerweise musste ich gar nichts sagen, denn er schien es bereits zu wissen.

Er strich mir das Haar aus der Stirn und küsste mich sanft.

»Du hast eine gute Wahl getroffen«, flüsterte er. Seine Augen leuchteten vor Liebe. »Mit der Zeit wirst du wieder Freude empfinden.«

Freude?

Ich wollte mich empört dagegen verwehren. Es erschien mir weder wahrscheinlich noch überhaupt möglich, ohne ihn an irgendetwas Freude zu haben. Der Schmerz, der mich fest im Griff hielt, mochte mit der Zeit gelindert werden – heilen würde er nicht. Genauso wenig gab es Worte des Trostes, wie meine Familie und meine Freunde hatten einsehen müssen. Außerdem wollte ich nicht getröstet werden.

Dennoch ließ ich mich auf keine Diskussion mit Paul ein. Ich fürchtete, der Traum könnte enden und Paul verschwinden. Mit jeder Faser meines Herzens wünschte ich mir, ihn festzuhalten, denn ein seltsamer Friede war über mich gekommen, und die Bürde, die schwer auf meiner Seele lastete, fühlte sich plötzlich ein wenig leichter an.

»Ich weiß nicht, ob ich ohne dich leben kann«, sagte ich zu ihm.

»Du kannst, und du wirst«, antwortete er. »Dir steht sogar ein langes und erfülltes Leben bevor.«

Paul klang wie der Offizier, der er gewesen war, und erteilte Befehle, die keinen Widerspruch duldeten.

»Du wirst wieder Freude empfinden«, wiederholte er. »Und das wird zu einem großen Teil mit dem Rose Harbor Inn zusammenhängen.«

Ich runzelte die Stirn. Mir war bewusst, dass ich träumte, und doch wirkte das Ganze so lebensecht, dass es mir beinahe real zu sein schien.

»Wieso weißt du das?«

Zahllose Fragen gingen mir im Kopf herum.

»Dieses Haus ist mein Geschenk für dich«, fuhr Paul fort. »Zweifle nicht, Liebling. Gott wird es dir zeigen.«

Und dann war er fort.

Ich schrie auf, flehte ihn an zurückzukommen und erwachte durch mein eigenes Schreien. Tränen liefen mir in Strömen die Wangen herunter und hatten bereits mein Kopfkissen nass gemacht. Ich richtete mich auf und saß noch lange im Dunkeln, versuchte das Gefühl seiner Gegenwart festzuhalten. Erst als es verblasste, schlief ich fast gegen meinen Willen wieder ein.

Am nächsten Morgen stieg ich aus dem Bett und tappte barfuß über den polierten Hartholzfußboden des Flurs zu dem kleinen Büro neben der Küche. Ich knipste die Schreibtischlampe an, blätterte in dem

Reservierungsbuch, das mir die Frelingers gegeben hatten, und schlug die Namen der beiden Gäste nach, die diese Woche eintreffen sollten.

Joshua Weaver hatte in der Woche gebucht, bevor ich die Pension gekauft hatte. Der zweite Name auf der Liste lautete Abby Kincaid.

Zwei Gäste.

Ich erinnerte mich an Pauls Worte, dass diese Pension sein Geschenk für mich sei, und beschloss, mein Bestes zu tun, damit meine Gäste sich bei mir wohlfühlten. Vielleicht würde ich ja dadurch, dass ich anderen etwas gab, jene Freude empfinden können, die Paul mir versprochen hatte. Und vielleicht gelang es mir im Laufe der Zeit sogar, einen Weg zurück ins Leben zu finden.

2. Kapitel

Josh Weaver hätte nie gedacht, dass er noch einmal nach Cedar Cove zurückkehren würde. In den zwölf Jahren seit seinem Highschoolabschluss war er nur dort gewesen, um an der Beerdigung seines Stiefbruders Dylan teilzunehmen.

Selbst da übernachtete er nicht in dem Städtchen, sondern flog mit der ersten Maschine nach Seattle, mietete ein Auto und fuhr nach der Beerdigung direkt zum Flughafen, um noch am selben Tag zurück in Kalifornien zu sein.

Mit seinem Stiefvater hatte er kaum gesprochen.

Allerdings war Richard daran ebenfalls nicht interessiert gewesen. Alles verlief genauso wie von Josh erwartet. Obwohl das Verhältnis zwischen ihm und Dylan sehr eng gewesen war, schien sein Stiefvater es nicht für nötig zu halten, dass Josh zu den Sargträgern gehörte. Eine Kränkung, die ihn zutiefst verletzte. Trotzdem ließ er es sich nicht nehmen, Dylan die letzte Ehre zu erweisen.

Nun war er wieder hier, obwohl er eigentlich so

gar keine Lust verspürte, Zeit in Cedar Cove zu verbringen. Abgesehen davon, dass seine Mutter und Dylan hier begraben lagen, bedeutete die Stadt ihm nichts.

Der Altersunterschied zwischen Josh und Dylan hatte nur ein Jahr betragen, und sie standen sich so nah wie leibliche Brüder. Der Ältere hatte den draufgängerischen Jüngeren von Anfang an wegen seiner absoluten Furchtlosigkeit bewundert. Und es war ein schrecklicher Schock für ihn gewesen, als Dylan bei einem Motorradunfall ums Leben kam. Fünf Jahre lag das jetzt zurück. Und sieben Jahre früher hatte Richard Lambert seinen Stiefsohn Josh aus dem Haus geworfen und sich einen Dreck darum geschert, was aus dem Jungen wurde.

Jetzt sah es so aus, als sei der alte Mann an der Reihe, sehr bald vor seinen Schöpfer zu treten. Richards Nachbarn hatten sich mit ihm in Verbindung gesetzt. Michelle, die Tochter der Nelsons, war auf der Highschool ebenso heftig wie hoffnungslos in Dylan verliebt gewesen, und vielleicht rührte daher ihre Fürsorge für den einsamen Alten: Außerdem war die warmherzige, übergewichtige Michelle Sozialarbeiterin geworden und engagierte sich schon von Berufs wegen für Mitbürger, die Hilfe brauchten.

»Richard geht es sehr schlecht«, hatte sie ihm am Telefon mitgeteilt. »Wenn du ihn noch lebend antreffen willst, solltest du herkommen, und zwar so schnell wie möglich.«

Michelle hatte es sehr dringlich gemacht und noch hinzugefügt: »Er braucht dich.«

Eigentlich verspürte Josh kein Verlangen, den Stiefvater zu sehen. Nicht das geringste. Das Einzige, was sie verband, war eine auf Gegenseitigkeit beruhende Abneigung. Trotzdem war er Michelles Aufforderung gefolgt. Zum einen weil er gerade Zeit hatte – er arbeitete als Bauleiter, ein Projekt war gerade abgeschlossen, und er wartete auf Instruktionen für das nächste – und zum anderen weil es ihm irgendwie angebracht schien, mit seinem alten Widersacher Frieden zu schließen. Außerdem hoffte er, ein paar Sachen aus dem Haus mitnehmen zu können, die ursprünglich seiner Mutter gehört hatten. Das stand ihm zu, fand er.

Was hatte Michelle damit gemeint, dass Richard ihn brauchte?

Josh würde im Grunde jede Wette abschließen, dass sein Stiefvater lieber auf der Stelle tot umfallen würde, als zuzugeben, dass er jemanden brauchte – und schon gar nicht ihn.

Offenbar hatten die Nelsons vergessen, welches Vergnügen es Richard seinerzeit bereitete, ihn nur ein paar Monate nach dem Tod seiner Mutter aus dem Haus zu jagen. Josh war nicht einmal ganz mit der Highschool fertig gewesen, ein paar Wochen fehlten noch bis zum Abschluss. Dennoch musste er gehen und durfte nichts mitnehmen außer seiner Kleidung und seinen Schulsachen.

Richard beschuldigte ihn, ein Dieb zu sein. In seiner Brieftasche fehlten zweihundert Dollar, und er war überzeugt, dass nur Josh sie gestohlen haben konnte. Obwohl der nichts von dem verschwundenen Geld wusste und vermutete, dass Dylan es genommen hatte, schwieg er und wehrte sich nicht. Richard hätte sowieso nicht an die Schuld seines eigenen Sohnes geglaubt. Der Rausschmiss allerdings traf ihn völlig unvorbereitet.

Rückblickend erst wurde ihm klar, dass die fehlenden zweihundert Dollar bloß ein Vorwand gewesen waren. Sein Stiefvater wollte ihn nicht nur aus dem Haus haben, sondern ihn komplett aus seinem Leben streichen. Bis jetzt hatte Josh nicht das Geringste dagegen einzuwenden gehabt.

Und nun war er wieder in Cedar Cove, wenngleich es alles andere als eine Heimkehr war. Die Adresse des B & B hatte er auf die Schnelle im Internet herausgesucht und ein Zimmer reserviert, weil es von dort nicht weit zu Richards Haus war. Wenn nichts Besonderes dazwischenkam, würde er in ein oder zwei Tagen wieder abreisen, nachdem er nach dem Rechten geschaut hatte. Unter keinen Umständen plante er länger zu bleiben als unbedingt nötig. Und wenn er Cedar Cove diesmal verließ, würde es für immer sein, beschloss er.

Nachdem er den Wagen auf dem kleinen Parkplatz des Rose Harbor Inn abgestellt hatte, stieg er aus und griff nach seiner Reisetasche und seinem Laptop. Der Himmel war wolkenverhangen und verhieß Regen, ganz typisch für den Januar im pazifischen Nordwesten, und seine schiefergraue Farbe spiegelte Joshs Stimmung wider. Er hätte alles dafür gegeben, irgendwo anders als ausgerechnet in Cedar Cove zu sein. Vor allem an einem Ort, wo er nicht gezwungen war, sich mit seinem Stiefvater auseinandersetzen zu müssen.

Aber es ließ sich nicht ändern. Seufzend stieg er die Verandatreppe hoch und drückte den Klingelknopf, und nach kaum einer Minute öffnete eine Frau ihm die Tür.

»Mrs. Frelinger?«, fragte er ein wenig verwundert.

Am Telefon hatte die Wirtin nämlich deutlich älter geklungen. Diese Frau hier war jedenfalls viel jünger als erwartet. Von mittelgroßer, schlanker Figur, trug sie ihr dichtes braunes Haar schulterlang, und ihre Augen leuchteten strahlend blau wie ein Sommerhimmel. Er schätzte sie auf etwa Mitte dreißig, was vielleicht auch an der Kleidung lag, einer legeren Hose und einem weiten Pullover, darüber eine leuchtend rote Latzschürze.

»Nein, mein Name ist Jo Marie Rose – ich habe die

Pension vor Kurzem von den Frelingers übernommen. Kommen Sie bitte herein.«

Sie trat zur Seite, um ihn vorbeizulassen.

Josh betrat die Halle, in der ihn wohltuende Wärme empfing. Im Kamin prasselte ein kleines Feuer, und der Duft frisch gebackenen Brotes ließ ihm das Wasser im Mund zusammenlaufen. Er konnte sich nicht erinnern, wann er zuletzt diesen Geruch wahrgenommen hatte – von Brot, das direkt aus dem Ofen kam. Seine Mutter hatte manchmal welches gebacken, aber das war endlos lange her.

»Hier riecht es ganz köstlich.«

»Ich backe sehr gern, schon immer«, erwiderte Jo Marie, als fühle sie sich zu einer Erklärung verpflichtet. »Hoffentlich bringen Sie Appetit mit.«

»Allerdings, das tue ich«, bestätigte Josh.

»Sie sind mein erster Gast«, fuhr Jo Marie mit einem freundlichen Lächeln fort. »Herzlich willkommen.«

Sie rieb die Handflächen gegeneinander, als wüsste sie nicht genau, was sie als Nächstes tun sollte.

»Brauchen Sie meine Kreditkartendaten?«, fragte Josh und zog sein Portemonnaie aus der Hosentasche.

»Ja, ich denke schon.«

Sie führte ihn durch die Küche in ein kleines Büro, das vermutlich früher einmal als Speisekammer gedient hatte. Er reichte ihr eine Kreditkarte, die sie zögernd entgegennahm.

»Ich werde Ihre Nummer zunächst einmal notieren – ich habe später einen Termin bei der Bank. Das Gerät ist noch nicht freigeschaltet.« Verunsichert sah sie ihn an. »Wenn das in Ordnung ist?«

»Kein Problem«, entgegnete er und beobachtete sie, wie sie sich die Kreditkartendaten notierte.

»Könnte ich den Schlüssel für mein Zimmer sofort bekommen, oder ist es noch nicht fertig?«, erkundigte er sich.

»Ja, natürlich … Entschuldigung. Wie ich schon sagte, Sie sind mein erster Gast: Ich habe den Kaufvertrag erst kurz vor Weihnachten unterzeichnet.«

»Was machen denn die Frelingers jetzt?«

Josh kannte sie zwar nicht persönlich, aber es interessierte ihn, warum sie die Pension verkauft hatten.

Jo Marie ging in die Küche hinüber, griff nach der Kaffeekanne und fragte ihn mit einem stummen Blick, ob er eine Tasse wollte.

Josh nickte.

»Wie es aussieht, haben sie vor, mit ihrem Wohnmobil kreuz und quer durchs Land zu fahren«, erklärte Jo Marie. »Am Tag der Übergabe stand es fertig beladen und startbereit da. Sie haben mir die Schlüssel ausgehändigt und sind direkt danach Richtung Kalifornien aufgebrochen, um über Weihnachten bei ihren beiden Töchtern den ersten Stopp einzulegen.«

»Anscheinend haben sie so einiges vor«, stellte Josh

fest, als sie ihm einen dampfenden Becher mit Kaffee reichte.

»Nehmen Sie Zucker oder Milch?«, fragte sie.

»Nein, schwarz ist in Ordnung.«

»Sie haben die freie Zimmerauswahl«, sagte Jo Marie anschließend.

Josh zuckte die Achseln. »Mir ist jedes Zimmer recht. Ich befinde mich nicht gerade auf einer Vergnügungsreise.«

»Oh«, sagte sie bloß und schaute ihn mit unverhohlener Neugier an.

»Nein, ich bin hier, um meinen Stiefvater in einem Hospiz unterzubringen.«

»Das tut mir leid.«

Josh hob eine Hand, um sie von weiteren Mitleidsbekundungen abzuhalten.

»Wir standen uns nicht sehr nah, und unsere Beziehung war offen gestanden nie die beste. Ich tue das mehr aus Pflichtbewusstsein als aus Nächstenliebe.«

»Kann ich Ihnen irgendwie behilflich sein?«

Josh schüttelte den Kopf. Schließlich wusste er selbst nicht so genau, was konkret zu tun war, und am liebsten hätte er sich vor alldem gedrückt. Nur dass es leider niemanden gab, auf den er die Verantwortung für Richard abwälzen konnte.

Jo Marie zeigte ihm ein Zimmer im zweiten Stock mit einem großen Panoramafenster, das auf die Bucht hinausging. Direkt gegenüber lag die Pudget-Sound-Marinewerft, und er konnte einige Schiffe sowie einen eingemotteten Flugzeugträger sehen, dessen Grau die Farbe des Himmels widerspiegelte.

Richard hatte den größten Teil seines Berufslebens auf dieser Werft verbracht, erinnerte sich Josh. Während des Vietnamkriegs hatte er bei der Marine gedient und anschließend in Bremerton Arbeit als Schweißer gefunden. Auch Dylan war dort bis zu seinem Tod beschäftigt gewesen.

Josh wandte sich vom Fenster ab, sobald er allein war, und griff nach seinem Handy, um seine E-Mails abzurufen. Vielleicht kamen ja Informationen wegen des neuen Auftrags. Er hatte Richard noch nicht einmal gesehen und war in Gedanken schon wieder weg. Seine Sachen packte er erst gar nicht aus.

Er fand eine Nachricht von Michelle vor, die erst wenige Stunden alt war.

Betreff: Willkommen zu Hause

Lieber Josh,
ich rechne jetzt jeden Moment damit, dass du in Cedar Cove eintriffst, und wollte nur sicherstellen, dass wir Verbindung aufnehmen können. Meine Eltern besuchen meinen Bruder in Arizona – er ist gerade Vater geworden –, und ich wohne so lange

in ihrem Haus, um den Hund zu füttern und mich um Richard zu kümmern. Ich habe mir die nächsten Tage freigenommen, also ruf mich an, sobald du in deiner Pension untergekommen bist, und ich begleite dich dann zu Richard, wenn du möchtest.
Michelle
360-555-8756

Josh setzte sich auf einen Stuhl und lehnte sich zurück, verschränkte die Arme vor der Brust. Ihm fiel wieder Michelles peinliche Schwärmerei für Dylan ein, und doch hatte sein Stiefbruder sie im Gegensatz zu anderen Jungs nie wegen ihres Aussehens gehänselt oder gar verspottet. Solche Grausamkeiten waren ihm fremd gewesen.

Er war ihr für das Angebot dankbar, ihn zu Richard zu begleiten. Im Notfall konnte sie als Puffer zwischen ihnen dienen. Josh wählte die angegebene Nummer, und sie meldete sich fast augenblicklich.

»Michelle, ich bin's, Josh.«

»Josh! Es tut so gut, deine Stimme zu hören. Wie geht es dir?«

»Gut.«

Michelles ehrliche Freude war Balsam für seine Seele – er hatte nicht erwartet, dass jemand überhaupt seine Anwesenheit zur Kenntnis nehmen würde. Die Kontakte zu den Freunden aus Highschoolzeiten waren abgebrochen, nachdem er sich seinerzeit erst mal zur Army gemeldet hatte, weil er nicht wusste, wohin sonst. Später fing er in der Baubranche an und arbeitete sich zum Projektleiter hoch. Inzwischen jettete er von Stadt zu Stadt und Job zu Job, blieb nie länger als ein paar Monate an ein und demselben Ort. Er hatte schon viel gesehen, aber nirgendwo Wurzeln geschlagen. Zu gegebener Zeit würde auch er sicher sesshaft werden, vermutete er, doch wenn es nach ihm ging, musste das nicht so bald sein.

»Du klingst genau wie früher«, sagte Michelle.

Vertraute, nie in Vergessenheit geratene Zuneigung schwang in ihrer weichen Stimme mit.

»Du auch«, sagte Josh. Er hatte Michelle immer gemocht und sie wegen ihres Übergewichts bedauert.

»Ich nehme an, du bist inzwischen verheiratet und hast einen Stall voller Kinder«, fragte er und meinte es nicht als Witz.

Vielmehr war er fest überzeugt, dass sie jemanden gefunden hatte, der ihre Vorzüge zu schätzen wusste. Kaum jemand war so großherzig und mitfühlend wie Michelle. Dass sie den Beruf einer Sozialarbeiterin ergriffen hatte, entsprach nur ihrem Naturell.

»Nein, leider nicht.«

In ihrer Stimme schwangen Bedauern und ein Anflug von Traurigkeit mit, und er verfluchte sich dafür, so etwas angesprochen zu haben.

»Was ist mit dir? Hast du Frau und Kinder mitgebracht, um ihnen dein altes Jagdrevier zu zeigen?«

»Nein, ich bin ebenfalls nicht verheiratet.«

»Oh.« Sie klang überrascht. »Ich habe Richard irgendwann gefragt, doch er hatte keine Ahnung.«

Was nicht weiter verwundern konnte, denn sie hatten seit Jahren nicht mehr miteinander gesprochen.

»Wie geht es dem alten Herrn denn so?«, fragte er, um das Thema zu wechseln.

»Nicht besonders gut. Er ist halsstarrig und töricht zugleich. Besteht darauf, nichts und niemanden zu brauchen. Er lässt es so gerade zu, dass ich ihm Essen bringe und ab und an nach ihm sehe. Mehr nicht.«

Demnach schien er trotz seiner Krankheit noch ganz der Alte zu sein: uneinsichtig, zänkisch und permanent schlecht gelaunt.

»Weiß er, dass ich komme?«, erkundigte sich Josh.

»Ich zumindest habe es ihm nicht gesagt«, erwiderte Michelle.

»Könnten deine Eltern es erwähnt haben, bevor sie zu deinem Bruder gefahren sind?«

»Das bezweifle ich. Keiner von uns war sich sicher, ob du wirklich auftauchen würdest.«

Anscheinend kannten die Nelsons ihn besser, als er gedacht hatte.

»Ich war mir selbst nicht sicher«, bekannte er.

»Komm zuerst zum Haus meiner Eltern«, schlug

Michelle vor. »Wir treffen uns dort und gehen zusammen zu Richard hinüber.«

»Gute Idee«, stimmte er zu.

Michelle zögerte, und als sie weitersprach, klang ihre Stimme weich, fast wehmütig. »Ich habe im Laufe der Jahre oft an dich gedacht, Josh. Ich wünschte, dass wir … Nun, dass wir bei Dylans Beerdigung mehr Gelegenheit gehabt hätten, miteinander zu reden.«

Josh konnte sich absolut nicht daran erinnern, Michelle überhaupt gesehen zu haben. Vermutlich lag es einfach daran, dass er nur kurz bei der Trauerfeier auf dem Friedhof vorbeigeschaut und sich anschließend gleich wieder verdrückt hatte. Da war kaum Zeit geblieben, ein paar Worte mit jemandem zu wechseln. Außerdem war er zu sehr mit seinem Groll gegen Richard und mit der Kränkung, weil dieser die enge Bindung zwischen ihm und Dylan komplett zu negieren schien, beschäftigt gewesen. Und doch sah es jetzt so aus, als sei er der Einzige, den Richard noch hatte.

»Wann willst du vorbeikommen?«, fragte Michelle.

»Ich mache mich schnell ein wenig frisch und bin in ungefähr einer Stunde da. Passt dir das?«

Je eher er dem alten Mann gegenübertrat, desto besser. Es hinauszuzögern würde das Wiedersehen nicht einfacher machen.

»Perfekt. Wir sehen uns dann bei meinen Eltern.«

»Bis dann«, entgegnete Josh und legte auf.

Es tat gut, einen Verbündeten hinter sich zu wissen – jemanden, mit dem man offen reden konnte, dachte er.

Wenig später griff er nach seinen Autoschlüsseln und stieg die Stufen hinunter. Jo Marie erwartete ihn am Fuß der Treppe.

»Ich muss heute Nachmittag zur Bank, werde also nicht immer da sein. Aber Ihr Zimmerschlüssel passt auch für die Vordertür, und Sie können nach Belieben kommen und gehen. Fühlen Sie sich bitte ganz wie zu Hause.«

»Danke, das werde ich tun. Ich muss jetzt los«, sagte er. »Wann ich zurückkomme, weiß ich noch nicht.«

Er hatte beschlossen, sich ein wenig in der Stadt umzusehen, bevor er zu den Nelsons hinüberfuhr, denn trotz allem interessierte ihn, ob sich Cedar Cove im Laufe der Jahre verändert hatte. Auf der Hinfahrt war ihm nicht viel aufgefallen, und von seinem Zimmerfenster aus wirkte die Hafengegend nicht anders als in seiner Erinnerung, weshalb er eher damit rechnete, dass alles Übrige ebenfalls noch so sein würde wie früher.

»Dann bis später.«

»Bis später«, nickte er, verließ das Haus und blieb einen Moment stehen, um den Reißverschluss seiner Jacke hochzuziehen.

Ein leichter Regen hatte eingesetzt, ein stetiges Nieseln, das typisch war für die Wintermonate in der Gegend rund um den Pudget Sound. Er fuhr zur Highschool und stellte fest, dass von ein paar zusätzlichen mobilen Klassenzimmern abgesehen alles so aussah wie zu seiner Zeit.

Er parkte den Wagen und schlenderte um die Schule herum zur Leichtathletikanlage und zum Fußballfeld. Die Laufbahn schien vor Kurzem einen neuen Belag erhalten zu haben. Josh, früher ein guter Läufer, hatte für seine Schule einige Rennen gewonnen, doch der Vorzeigesportler der Familie war Dylan gewesen und deshalb bei seiner Abschlussfeier besonders geehrt worden. Josh freute sich sehr für ihn, als der Jüngere es ihm in einem Brief mitteilte.

Er selbst hatte nicht an seinem Abschlussball teilgenommen, weil er es sich nicht leisten konnte. Damals hatte Richard ihn bereits aus dem Haus geworfen, aber auch davor konnte er nicht an allen Veranstaltungen teilnehmen, weil sein Stiefvater ihn erheblich kürzer hielt als den eigenen Sohn.

Er stieg wieder in sein Auto und fuhr die Harbor Street hinunter. Donnerwetter, dachte er, hier hatte sich einiges verändert. Alte Geschäfte waren verschwunden, neue entstanden. Bloß das chinesische Restaurant existierte immer noch.

Josh gab sich einen Ruck.

Es war lächerlich, die Begegnung mit Richard noch länger vor sich herzuschieben, und so lenkte er den Wagen entschlossen in Richtung seines alten Viertels. Zugleich nahm er sich vor, sich nicht noch einmal von seinem Stiefvater einschüchtern zu lassen.

Josh parkte vor dem Haus der Nelsons, griff nach Kugelschreiber und Papier und stellte rasch eine Liste der Dinge zusammen, die er für sich beanspruchte. Die Bibel seiner Mutter stand ganz obenan zusammen mit ihrer Kamee – die würde er an seine Tochter weitergeben, falls er je eine haben sollte. Auch seine Letterman-Jacke mit den Highschoolinitialen würde er mitnehmen und das einzige Jahrbuch, das er besaß. Richard hatte für so etwas nie Geld ausgeben wollen. Als er rausgeworfen wurde, hatte er nur schnell die notwendigsten Sachen gepackt.

Eine Stunde nach dem Telefongespräch mit Michelle klingelte er an der Tür der Nelsons.

»Josh?«, fragte sie lächelnd.

Das konnte nur ein Irrtum sein, schoss es ihm durch den Kopf. Denn die Frau, die ihm die Tür öffnete, war groß und schlank und faszinierend attraktiv.

»Michelle?«, fragte er ungläubig und außerstande, seine Überraschung zu verbergen.

»Ja.« Sie lachte leise. »Ich bin es wirklich. Seit ich abgenommen habe, hast du mich nicht mehr gesehen, oder?«

Josh musste an sich halten, damit er sie nicht mit offenem Mund anstarrte.

Wenn Sie wissen möchten,
wie es weitergeht, lesen Sie:

Debbie Macomber
»Winterglück«
ISBN 978-3-7341-0249-3 /
ISBN 978-3-641-17108-7 (E-Book)
Blanvalet